몇 명의 내가 있는
액자 하나

몇 명의 내가 있는
액자 하나

여정 시집

민음의 시 220

민음사

달과 달사이·한 번쯤은 마음을 나누는 사람이
고 싶었다…달과 달과 달사이·거울이 왔다·깨졌
다…달과 달과…달사이·거울들이 왔다·깨졌
다·깨졌다…깼다·꿈으로 돌아갈·꿈이 될·시간
이다…달과 달과 달과…달사이·나는·우리는·
또 변할 수 있다

여정

차 례

1부

데칼코마니‖易데칼코마니 13

탈색 15

((리폼))무덤을 그리는 X(에게) 16

불면((2001)) 18

둥근달‖둥근달 20

부풀어 오른다 22

O편 24

무덤으로 가는 거울 하나 27

점점 點点 점점 占 · 28

178피스 퍼즐;「불면((2010))」 30

((Behind Story))둥근달‖둥근달 32

봄, 너무나 개인적인, 꽃 34

잠에서 깨어나다 36

수퍼초울트라·애인X 38

그녀, 프리섹스주의자((들))의 노래 40

2부

몇 명의 내가 있는 액자 하나 43

점멸; 노란색을 찾아서 46

피아노 P 49

사춘기·수박   50

어린 날들의 肖像   52

떨리는 손의 소묘   54

137피스 퍼즐; 불안(2010)   57

호러 영화를 찍다   58

하늘도 무심하시지   62

그냥 일상   64

아버지소파에 기대어   66

하루살이 백수 → 하루살이백수   68

가면들에 둘러싸인 자화상   70

김춘수 「꽃」의 에필로그 혹은 떨어지는 꽃잎, 꽃잎   72

북지장사 가는 길   75

3부

달 1/2   81

한 피스를 잃어버린 피스 퍼즐   83

109피스 퍼즐; 사랑(2012)   85

그냥 나무   86

어느 여름날의 꼴라주(by 여)   89

거울 1/2   92

달맞이꽃((2012))   94

이제 나무   96

산성비를 맞는 앵무새   98

암탉 세 마리를 위한 변주   100

고양이와 음식물 쓰레기통에 의한 콜라주   104

쥐덫에 걸린 아담   106

치킨게임·1·2·3   108

!⋯에덴 만들기   112

데칼코마니‖逆데칼코마니   116

4부

텔레비전에·여정·나왔으면·정말⋯   121

어머니의·짐   122

아버지의·그림자   123

T끼리   125

검은·낙타   126

스페·어·타이·어   128

히·스·테·리   130

페티·쉬   132

크리스마스·트릭   134

꼬마병정   136

MMORPG·대한민국   138

딜도·씨   140

무의미한·하루들의·열거   142

불면((2001))vs불면((2010))   145

리셋증후군‖리셋   148

몇 명의내가있는액자하나∥벌·레·1·1·호   150

작품 해설 | 권혁웅

쇠라, 데칼코마니, X 그리고 자궁을 찾아가는 여정   155

1부

데칼코마니∥易데칼코마니
— X선 필름에 갇힌 검은 나비

양쪽 무늬가 다른 나비 한 마리를 생각한다
허공을 탈 때마다 세상을 어둠으로 물들이던 날갯짓을
쿨럭, 쿨럭인다
검은 날개에 듬성듬성 얼룩져 핀 안개꽃 무리
검붉은 피 토해 낸다
쿨럭쿨럭 허공을 탈 때마다 낙엽이 진다
노란 나비 떼의 비상
날자마자 추락의 시간이다
아, 어지럽다
이 추락의 시간을 끝내고 나면 지구의 회전을 멈출 수
있을까?
밤낮이 돌고 돌며 바닥을 향한다
낮밤이 돌고 돌며 바닥을 뒹군다
나는 지금 밤의 회전에 내 검은 날개를 묻고 있다
안개 짙은 밤, 멀리서 별들이 안개꽃인 양 얼룩져 있다
별들도 쿨럭, 쿨럭인다
그때마다
죽은 줄도 모르고 바닥을 뒹구는 낙엽들이

바람을 타고 허공을 탄다
파, 파편이다

탈색
— 쓰러지면서‖웃다

풍경이바래고있는건‖기차가탈선하고있는것…플래시가눈
부시게터지고있는건‖푸른잎새하나떨어지고있는것…공작이
날개를펼쳤다접으니두루미푸드덕푸드덕날아오르니까마
귀…가까운소리가점점멀어지고있는건‖눈꺼풀이스르르내려
오고있는것…몸을동그랗게만쥐며느리공처럼굴러굴러와
장창…와장창찬바람이새어들고있는건‖내몸속에서필름을
빼내고있는것…갑자기속이텅비어버린건‖응급실문을힘겹게
빠져나오고있는것…풍경이낯설게만낯설게만보이고있는건‖
필름도없이셔터만계속계속눌러대고있는것

((리폼))무덤을 그리는 X(에게)

—「무덤을 그리는 X에게」(2002·여름·『시작』)를 기념함

X((가)) 무덤을 그리고 싶은 날이면 ((Y))가 잠든 사이 ((Y의)) 살을 찢고 ((Y의)) 뼈를 들어((낸다)). ((Y의)) 뼈를 깨끗이 씻어 고이 빻아 ((둔다)).

캔버스를 치고 ((흙))색으로 밑칠을 하는 X((가)) (이제) 밑그림을 그((린다)). ((X의)) 손끝((에서 여섯)) 개의 무덤이 솟아오르면 ((X의)) 작업실 가득 까마귀 떼가 날아((든다)). 까마귀 떼의 울음소리((가 X의)) 그림 위로 차곡차곡 쌓((여 간다)).

X((의)) 손끝으로 ((비명))이 ((새겨지))면 ((X는 여섯)) 개의 무덤 가득 아교칠을 ((한다)). 그 위로 ((Y의 하얀)) 뼛가루((가 차곡차곡 쌓여 간다)). ((Y의 하얀)) 뼛가루가 다할 때까지 겹겹((겹겹))으로 ((쌓여 간다)).

((여섯)) 개의 무덤((들이)) 희((뿌옇))게 반짝이면 X((가)) 이제((야)) 웃((는다)). ((여섯)) 개의 무덤((들을 한쪽)) 벽에 걸어 두고 ((Y의 체취와 숨소리))를 그리워((한다)). ((여섯)) 개의 무덤에서 ((Y의)) 숨소리라도 ((새어 나

오))는 날이면 ((X는)) 그 ((그림)) 아래 ((빗살무늬 가득
한)) 향나무 화분((을)) 놓아 ((둔다)). 바람 없는 날에도 바
람을 느끼는 향나무처럼 ((Y))가 없는 날에도 ((Y의 숨소
리와 체취를)) 느끼((는 X가 희뿌연 무덤들의 ((가지,)) 가
지들을 뭉클뭉클 뻗어 간다)).

* 몇 명의 내가 너무 낡아 버려서 (나)를 잘라 내고 ((Y))로 덧대어
수선해 본다.

불면((2001))

—「불면」(2001·08·『현대시』)을 기념함

수도꼭지에서 물이 새고 있다. 내 귓속에 물이 차오르고 있다. 박쥐우산을 쓰고 걸어가는 이 길은 언제나 스텐(stainless)이었다. 비틀어도 비틀어도 잠겨지지 않는 날들이 또독또독 다가오고 있다. 밤이 와도 해는 지지 않았고 먹구름이 몰려와도 해는 사라지지 않았다. 비가 내려도 대지는 타들어만 갔다. 퍼석퍼석해진 하늘엔 늘 먼지만 자욱했다. 별 하나 뵈지 않고 새끼손가락 손톱만 한 달조차 뵈지 않는다. 자꾸 모래바람만 불어 대고 내 살점이 또독또독 떨어져 나가고 있다. 사막을 횡단하는 낙타의 두 눈 속에 뼈다귀만 남은 시체가 한 구씩 놓여 있다. 선인장마저 쪼그라들고 있다.

허우적대고 있다. 식인 상어가 내 몸속에서 이빨을 드러내고 있다. 달을 물어뜯고 별을 집어삼키고 있다. 수면 위로 떠오른 방주에 식인 상어의 이빨만 한 구멍들이 뚫려 있다. 비둘기의 날개가 젖어 들고 셈과 함과 야벳의 아랫도리가 젖어 들고 있다. 방주를 만드는 노아의 망치 소리가 내 귓속을 두들기고 갈보리언덕에서 예수가 십자가에 못 박히고 죽은 나사로가 썩은 내를 풍기며 무덤에서 걸어

나오고 있다. 베드로의 귓속에서 닭이 세 번 울어 대고 그 울음소리에 선악과나무의 열매가 떨어지고 있다. 요단강에서 요한이 물로 세례를 주고 모세의 지팡이가 홍해를 가르고 노예들이 그 갈라진 홍해를 또독또독 건너가고 있다.

수도꼭지에서 햇살이 떨어지고 있다. 마른 잎들이 어둠 속에서 온몸을 뒤척이고 있다. 길 잃은 어린양의 울음소리가 규칙적으로 돋아나고 나는 이름 없는 호숫가를 거닐고 있다. 수면 위로 익사체 한 구가 떠오르고 나는 부어터진 그 익사체를 건져 내고 있다. 나는 젖은 주머니를 뒤적이고 가죽 지갑을 꺼내고 그 가죽 지갑 안에 있는 신분증을 바라보고 있다. 신분증 안에는 내 사진이 무덤덤한 표정으로 나를 보고 있다. 나는 수면이 거울인 양 수면에 비친 내 모습을 바라보며 고개를 떨구고 있다. 수도꼭지에서 또독또독 눈물이 새고 있다.

둥근달‖둥근달

밤하늘에 걸려 있는 둥근달을 바라봅니다. 목을 맨 옛 애인의 얼굴 같은, 핏기 없어 휘영청 더 밝은 달을 바라봅니다. 제 그림자에 달빛이 일렁대고 있습니다.

어느 날 먹구름이 몰려들었습니다. 떼거리로 달려들어 달을 갉아먹고 있었습니다. 군데군데 흠집이 나 버린 그 달을 전 달달 떨며 바라보고만 있었습니다. 먹구름이 걷히고 나서야 온몸에 흠집이 나 버린 그 달을 전 부둥켜안았습니다. 허연 거품을 물고 쓴웃음 짓는 창백한 얼굴 하나를 말입니다. 그 후?…… 네, 네, 제가 먼저 버렸습니다. 저는 밤이면 오토바이에 둥근달을 하나씩 매달고 어둠 속을 달렸습니다. 소음이 이끄는 대로 어둠을 갈라 대며 마구마구 달렸습니다.

밤하늘에 걸려 있는 옛 애인을 바라봅니다. 저를 찾아 헤맸던 그 발자국들을 바라봅니다. 그 발자국들에 난 상처들을 바라봅니다. 휘영청 달이 밝은 날이면 그 발자국들도 밤하늘에 더 선명하게 수놓입니다.

전 여기까지 달려왔습니다. 지금 제 옆에는 한 사내가 달달 떨며 제 그림자에 가려지는 달을 바라보고만 있습니다. 제 등 뒤로 먹구름이 떼거리로 몰려들고 있습니다. 옛 애인의 살이 다시 찢겨지고, 그럼?…… 네, 네, 그렇습니다. 저는 그렇게 버렸습니다.

하지만, 저렇게 밤하늘에까지 매달릴 줄은 정말 몰랐습니다.

부풀어 오른다

　보름이다. 달도 부풀어 오르고 그의 뒷모습도 부풀어 오른다. 그의 등은 언제나 겨울이었다. 내 배도 부풀어 오르고 내 아기의 살 찢어지는 소리도 부풀어 오른다. 그래, 보름이다. 그의 등에서 불어오던 바람이 내 가슴을 떨구고 내 아기를 떨구던 그래, 보름, 보름, 대보름이다. 둥근달 속에 그를 밀어 넣고 화장한다. 화장하고화장하고환장한다. 내 눈을 멀게 했던 대보름, 그가 둥근달 속에 가만히 웅크린 채, 내 아기처럼 다시 부풀어 오르는데……

　자른다. 바람이 가지 끝에 매달린 잎새를 잘랐듯, 전기톱이 그 뿌리의 줄기를 잘랐듯, 자른다. 굴착기의 소음이 밤의 고요를 잘랐듯, 한밤의 기초공사가 지겹도록 길들을 잘랐듯, 나도 자른다. 바벨탑처럼 높이 올랐던 그를 자르고, 그를 둘러싼 후광도 자르고, 그리고 그의 부적을 붙인 아기강시도, 내 피로 얼룩진 강시아기도……

　부풀어 오른다. 내 배도 다시 부풀어 오르고 내 아기도 다시 부풀어 오른다. 나를 깊게 어루만지던 태양도 있었고 그 태양에 고개를 숙이던 벼도 있었다. 딱딱한 것들도 통통 튀어 오르고 부드러운 것들도 통통 튀어 오르는 보름, 내 눈물도 통통 튀어 오르는데, 그래, 보름, 보름, 보름 한가위다. 달도 부풀어 오르고 한 가위 소리도 부풀어 오른다. 내 핏덩이도 부풀어 오르고 내 아기의 울음소리도, 내 강시아기의 그 피 울음소리도 부풀어 오른다. 내 가랑이 밑에서 부풀어 오르는 달덩이, 그 달덩이의 숨소리가 더 깊게 부풀어 오르는 밤, 나도 따라 부풀어 오른다.

0편
— 혹은 구멍·外 1편

구멍에서 태어나 구멍들과 더불어 살고 있다.

언제부턴가 방구석에 처박혀 구멍들을 헤아리고 있다. TV에서는 에너자이저 건전지가 백만 스물하나, 백만 스물둘, 팔굽혀펴기를 하고 있다. 구멍이란 구멍에는 모두 물이 고여 있다. 물은 점점 불어나고 불어난 만큼 구멍들은 커지고,

심장이 뛰쳐나간다. 심장은 피를 머금은 구름, 피를 뿌린다. 붉게 젖어 간다. 바닥이 젖고 벽이 젖고 천장이 젖는다. 문이 젖고 창이 젖고 창에 걸린 구름이 젖는다. 창밖의 구름도 피를 뿌린다. 뛰쳐나간 눈알들이 붉은 길 위에서 피를 흘리는 나무들과 피를 흘리는 행인들을 바라보고 있다. 모두 내 심장이 낸 상처들, 백만 스물하나, 백만 스물둘, 상처들만 늘어나고 늘어난 만큼 피는 점점 더 빨리 차오르고 세상은 점점 더 빨리 잠겨 가고,

허우적댄다
허우적대면 댈수록 내장들이 자꾸 밖으로 뛰쳐나간다

지푸라기라도 잡을 마음으로 **초콜릿**을 거머쥔다. 초콜릿은 젖은 나를 건져 올리는 유일한 뗏목, 나는 초콜릿 위에서 젖은 몸을 말리며 『우울증의 애인을 위하여』를 읽고 있다. 중간중간 피를 토한다. 중간중간 피로 얼룩진다. 말라 가는 몸은 점점 더 말라 가고,

　굳어 간다. 내장들도 모두 굳어 가고 출렁이던 피도 굳어 간다. 피의 지층, 나는 피로 질펀한 검붉은 지면 위를 걷고 있다. 숨은 자꾸 차오르고 발은 푹푹 빠져든다. 뒤를 돌아보면 백만 스물하나, 백만 스물둘, 구멍이 된 발자국들이 내 뒤를 쫓고 있다. 내장들은 모두 부서져 흩어지고 나는 더 이상 걸음조차 옮기지 못하고,

　검붉은 피밭에 홀로 선 허수아비
　검붉은 옷자락을 휘날리며 몰려드는 까마귀 떼를 쫓고 있다

　백만 스물하나, 백만 스물둘, 검붉은 옷자락에 구멍이 뚫리고 그 구멍으로 드러난 검붉은 몸에도 구멍이 뚫리는

날, 허수아비는 검붉은 땅바닥에 엎드려 지푸라기의 詩를 쓸지도 모른다.

  구멍에서 태어나 구멍들과 더불어 살고 있다·로 시작 하는 그런 詩를,

무덤으로 가는 거울 하나

달과 달 사이, 이상한 거울 하나, 그 속으로 바늘 바람 불어 대고, 그 바람에 구멍 뚫린 풍선 하나, 짓이겨진 목련 꽃잎 토해 내는, 달과 달과 달 사이, 반으로 부서진 거울 하나 혹은 둘, 모래 위에 찍힌 낙타의 발자국들 혹은 황토 팬티 위에 얼룩진 정액 자국들, 희미하게 혹은 희뿌옇게 번 져 가는, 달과 달과 달과 달 사이, 조각조각 난 이상한 거 울 하나, 그 속으로 솟아오른 벌레 무덤들, 태양을 갉아먹 는 땀방울들, 공동묘지처럼 빽빽이 들어서는, 달과 달과 달 과 달과 달 사이, 산산조각 난 이상한 거울 하나, 그 속으 로 쌓여 가는 뼈다귀들 혹은 산산조각 난 뼈다귀들, 모래 바람을 타고 사라지는, 달과 달과 달과 달과 달과 달 사이, 사라져 버린 이상한 거울 하나, 태양은 먹구름 속에서만 몸을 뒤척이고, 사막은 모래바람을 타기 시작하는데, 달과 달과 달과 달과 달과 달 사이, 가루가 되어 허공을 날 아다니는 이상한 거울 하나, 낙타를 담고 벌레를 담고 땀방 울을 담고 뼈다귀를 담고 모래바람에 실려 꽃씨인 양 모래 인 양 어디론가 떠나가는데, 달과 달과 달과 달과 달과 달 과 달과 달 사이, 아기의 울음소리마저 죽어 버린 언덕 중 턱, 더 이상 꽃피우지 않는 나무 한 그루만 말라 가는데, 달과 달과 달과 달과 달과 달과 달과 달과 달 사이,

점점 點 点 점점 占 ·

((點))── 어둠((黑))에 내 수족((灬))이 묶여 있었다. 이놈의 손, 나는 어둠을 가르며 손이 발이 되도록 빌었다. 미친 울음을 토해 냈다. 빌면 빌수록 나는 점점 네 발((灬))달린 짐승이 되어 갔다. 나는 어둠에 묶인 끈을 끊고 달아나고 싶었다. 점점 點 点

((点))── 나는 어둠((黑))을 가르며 네 다리((灬))로 일어나고 있었다. 네 발((灬))에 불((灬))이 나도록 달아나고 있었다. 엉덩이((口))를 보이며 나에게서 멀리…… 점점 点 占…… 빛의 먹이가 되어 점점 占 ·……

((•))── 네 다리((灬))가 내 머리((卜))를 잘랐다. 아프지 않았다. 내 머리((卜))가 네 다리((灬))를 잘랐다. 아프지 않았다. 내 엉덩이((口))가 내 머리((卜))와 네 다리((灬))를 먹었다. 배부르지 않았다. 먹는 족족 줄줄 쌌다. 먹고 싸기만을 반복했다. 내 똥구멍((口))은 점점 막혀 점점 · ·

((·))── 먹지도 싸지도 못하고 점점 · · 싸지도 먹지

28

도 못하고 점점 ·

(( ))──

178피스 퍼즐; 「불면((2010))」
— 조르주 쇠라의 점묘법을 기념함

수도꼭지, 물이, 새, 내, 귓속, 물이, 차, 박쥐우산, 쓰고,
걸어, 이 길, 스텐(stain, 비틀어, 비틀어, 잠겨 지, 않, 날들,
또독또, 밤이, 와, 해, 지지, 않, 먹구름, 몰려와, 해, 사라지,
않, 비, 내려, 대지, 타들, 갔, 퍼석, 하늘, 늘, 먼지, 별, 하나,
뵈지 않, 새끼손가, 손톱만, 달, 뵈지 않, 모래바람, 불어, 내,
살점, 또독또, 떨어져, 사막, 횡단하, 낙타, 눈 속, 뼈다귀, 남
은, 시체, 한 구씩, 놓여, 선인장마저, 쪼그라들,

허우적대, 식인 상어, 내 몸속, 이빨, 드러내, 달, 물어뜯,
별, 집어삼키, 수면, 위, 떠, 방주, 식인 상어, 이빨, 구멍, 뚫,
비둘기, 날개, 젖어 들, 셈, 함, 야벳, 아랫도리, 젖어 들, 방
주, 만드, 노아, 망치 소리, 내 귓속, 두들기, 갈보리언덕, 예
수, 십자가, 못 박히, 죽은, 나사로, 썩은 내, 풍기, 무덤, 나
오고, 베드로, 귓속, 닭, 세 번, 울어 대, 그, 소리, 선악, 열
매, 떨어지, 요단강, 요한, 물, 세례, 주, 모세, 지팡이, 홍해,
가르, 노예들, 홍해, 또독또, 건너,

수도꼭, 햇살, 떨어지, 마른, 잎들, 어둠 속, 온몸, 뒤척이,
길, 잃, 어린양, 울음, 규칙적, 돌아, 나, 이름 없, 호숫가, 거

닐, 수면 위, 익사, 한 구, 떠오르, 나, 부어터, 그 익사체, 건
져, 나, 젖은 주머니, 뒤적, 가죽 지갑, 꺼내, 그, 안, 신분증,
바라보, 중, 내 사진, 무덤, 표정, 나, 보고, 나, 수면, 거울인,
내, 모습, 바라보, 고개, 떨구, 수도꼭지, 또독또, 눈물, 새,

((Behind Story))둥근달‖둥근달

((일기예보처럼 우리들은 약속 장소에 모였습니다. 저는 먹구름들을 이끄는 오토바이였습니다. 저는 먹구름들을 이끌기 좋은 날을 택했습니다. 우리들은 내 잔 네 잔 할 거 없이 잔을 돌려 가며 술을 마셨습니다. 우리들은 모두 만취한 어둠이었습니다.))

네, 네, 그렇습니다. 저는 그렇게 버렸습니다. 그럼?……

((일기예보대로 먹구름들을 이끌기 참 좋은 날이었습니다. 저는 여느 때처럼 오토바이에 둥근달을 매달고 어둠 속을 달렸습니다. 소음들이 이끄는 대로 소음들을 이끌며 마구 마구 달렸습니다. 일기예보대로 먹구름들이 떼거리로 제 뒤를 따라붙고 있었습니다.))

그 후?…… ((일기예보대로)) 먹구름들이 몰려들었습니다. 떼거리로 달려들어 달을 갉아먹고 있었습니다. 군데군데 흠집이 나 버린 그 달을 전 달달 떨며 바라보고만 있었습니다. 먹구름이 걷히고 나서야 온몸에 흠집이 나 버린 그 달을 전 부둥켜안았습니다. 허연 거품을 물고 쓴웃음

짓는 창백한 얼굴 하나를…… 네, 네, ((일기예보대로)) 그렇게 버렸습니다.

하지만 저렇게 밤하늘에까지 매달릴 줄은 정말 몰랐습니다.

((먹구름이 걷히고 나서야 둥근달이 둥근달로 겨우 떠올랐습니다. 둥근달이 옛 애인을 내려다봅니다. 일기예보처럼 그들은 약속 장소에 다시 모였습니다. 그는 먹구름들을 이끄는 오토바이였습니다. "다음 차례는 누구지?" 그는 먹구름들을 이끌기 좋은 날을 또 택했습니다. 그들은 내 잔 네 잔 할 거 없이 잔을 돌려 가며 술을 마셨습니다. 그들은 모두 만취한 어둠이었습니다.))

제 ((빛에 그와 그들의)) 그림자가 ((하나가 되어)) 일렁대고 있습니다.

((밤하늘에는 대체 몇 개의 둥근달이 떠올랐을까요?))

봄, 너무나 개인적인, 꽃

창을 닫으니 봄은 나무 한 그루를 방 안에 옮겨 심는다. 뼈가 아프고 머리가 아프고 꽃핀다. 25살의 목련꽃이 피고 목련꽃과 동갑인 28살의 벚꽃이 핀다. 벚꽃보다 4살 많은 34살의 개나리꽃도 피고 개나리꽃보다 8살 어린 29살의 라일락꽃도 핀다. 군데군데 나이를 알 수 없는 해바라기꽃도 피고 달맞이꽃도 피고 곪은 상처가 터진다. 진물이 흘러내리고 식은땀이 흘러내리고 꽃핀다.

여러 꽃들이 한꺼번에 피어나니 나무는 가지를 축 늘어뜨린다.

25살의 목련꽃이 울고 28살의 벚꽃이 울부짖고 34살의 개나리꽃이 질리고 29살의 라일락꽃이 할 말을 잃었다. 꽃잎, 꽃잎 방바닥에 떨어진다. 꽃잎, 꽃잎 자꾸만 쌓여 간다. 시간이 지난 만큼 향기가 썩고 향기가 썩은 만큼 내 살점도 썩어 간다. 방 안에 쌓여 가는 살점에 향기에 몸서리치고 진저리 친다.

환기. 나는 뛰쳐나간다. 봄 길을 걸으니 목련 나무에는 목련꽃이 없고 벚나무에는 벚꽃이 없다. 개나리 나무에는 개나리꽃이 없고 라일락 나무에는 라일락꽃이 없다. 봄 길을 걸으니 목련꽃에는 목련 나무가 없고 벚꽃에는 벚나무가 없다. 개나리꽃에는 개나리 나무가 없고 라일락꽃에는 라일락 나무가 없다. 한 나무에 뒤죽박죽 피고 여러 나무에 덕지덕지 핀다.

꽃은 나무의 이름을 잃었고 나무는 꽃의 이름을 잃었다.

애써, 불러 본다. 목련개나리라일락벚나무에 핀 목련개나리라일락벚꽃아 ―
다시, 불러 본다. 벚라일락개나리목련나무에 핀 벚개나리라일락해바라기달맞이목련꽃아 ―

봄은 꽃의 이름을 잃었고 나는 나무의 이름을 잃었다.

나는 빈 가지를 축 늘어뜨리며 수런수런 봄 핀다.

잠에서 깨어나다

도둑맞은 집 같은 그런 봄이 왔다
내 숨구멍을 하나씩 하나씩 열고 있는 봄
꽃의 향기가 내 눈꺼풀을 올리고
빛에 쏘여 눈이 아리다
눈이 밝아졌다
젠장
봄
·

겨울이 찾아온 첫날밤, 첫사랑과 동침을 했다. 이상하다.
첫사랑은 어디로 가고 낯선 여자 하나가 내 품에 안겨 잠
들어 있다. 이상하다. 꿈길로 되돌아가 본다. …… 잠 속의
나는 잠 밖의 첫사랑의 목을 조르고 있다. 잠 밖의 첫사
랑의 몸이 식어간다. 잠 밖의 첫사랑의 몸이 조각, 조각나
고…… 잠 속의 나는 잠 밖의 푸른 잎새를 갉아먹는 배짱
이었다. 부른 배를 통통 퉁길 때마다 제 살을 갉아먹는 노
래가 솟아났고 솟아오른 노래가 채 영글기도 전, 정말 도둑
처럼 겨울이 찾아왔고 그 노래마저 꽁꽁 얼어붙고 말았다.
잠 속의 나는 동물처럼 길길이 날뛰었고 잠 밖의 나는 식
물처럼 그 자리를 벗어나지 못했다. …… 잠 속의 첫사랑은

살아 있는데…… 잠 속의 나도 잠 밖의 나도 잠잠했다.

　・

　낯선 여자의 등짝이 오싹하다
　어쨌든 봄이다
　젠장
　봄

　・

　무슨 봄이 이렇노?
　지랄 꽃만 피었다

수퍼초울트라·애인X

어두운 작업실에서 시곗바늘에 찔려 죽은 애인들의 시
체들을 하나, 둘…… 불러 모은다.

퀼트를·한다…죽은·애인들의·가죽을·도려내…퀼트를·한
다…조각·조각마다·피로·얼룩져있어·가죽이·더·가죽답다…
퀼트를·한다…애인1호의눈알과·애인2호의심장과·애인3호의
대뇌와…애인27호의위장과·애인28호의간장과…애인○○호
의괄약근·열성인자는·버리고·우성인자만·취해…퀼트를·한
다…죽은·애인들의·자궁을·하나하나·들어낸다…퀼트를·한
다…애인1호의자궁과·애인2호의자궁과…애인○○호의자궁
으로·커다란·자궁을·만든다…퀼트를·한다

바늘에 찔려 가며 피를 흘려 가며 퀼트를 한다. 작업실
바닥이 죽은 애인들의 피로 질펀하다.

죽은·애인들의·피를·뒤집어쓰고·수퍼초울트라·애인X·태
어난다…열성인자들을·밟고·커다란·자궁을·가지고·내게로·
달려온다…나를·번쩍·안아들고·죽은침실들로·달려간다…가
랑이를·벌리고·나를·통째로·집어삼킨다…커다란·자궁·속에

서·조각조각·나를·웅크린다…○○명의·가죽냄새와·○○명의·
피냄새가·어우러져·나를·감싼다…피비린내들이·나를·풍기
며·○○명의·가죽으로·퀼트한·탯줄들에·조각조각·나를·매단
다…나를·몸부림친다·나를·발버둥…친다

　자궁밖에서·수퍼초울트라·애인X의·가느다란·숨소리가·들
려온다…또·다른·내가·나들을·밀어내며·깊은·잠을·몰고·온
다…균열이·심한·꿈이·나를·몰고…간다.

그녀, 프리섹스주의자((들))의 노래

시~발, 다 줄 테야
나를 사랑하는 놈팡이라면
몸도 마음도 다 줄 테야
녹슨 이정표에 씐 유령 같은 글씨들 좇아
질주하는 밤, 쪼그만 불만 밝힐 수 있다면
까짓것, 다 줘 버릴 테야
존심도 시심도 버리고
여러 사내의 가슴속에서 가슴속으로
옮기고 옮겨 붙는 야윈 불씨들
언젠가 기름기 촬촬 흐르는 놈팡이라도 만나면
화~악, 불 질러 버릴 테야
그 놈팡이 심장 뜨겁게 달아올라
나, 한 송이 꽃((들))로 피어나는 밤
이 검은 자궁에 무형무색의 열매((들)) 맺고 말 테야

2부

몇 명의 내가 있는 액자 하나

나의 정신병동에 프리다 칼로가 헨리포드 병원의 침대 하나를 옮겨 온다. 침대에는 내가 사랑하는 여자가 누워 있다. 나의 병실로 들어서자 그녀의 가랑이 사이에서 탯줄이 흘러나온다. 내 배꼽이 사라지고 나는 그 탯줄에 매달려 그녀의 배 위로 떠오른다. 그녀 앞에만 서면 작아지는 내가 허공에서 가부좌를 하고 두 눈을 감는다. 3, 내 몸은 건강하다((세 번 반복한다)). 2, 내 마음은 편안하다((세 번 반복한다)). 1, 몰입 상태로 들어간다((세 번 반복한다)). 나는 지금 엘리베이터 안에 있다. 엘리베이터가 천천히 내려간다. 10, 9, 8, ((더 깊이)), 7, 6, 5, ((더 깊이, 더 깊이)), 4, 3, 2, 1, ((엘리베이터 문이 열린다)). 자궁이다.

자궁 안에서 詩를 쓴다. 그녀의 뼈가 한 줄 한 줄 약해진다. 詩가 되지 못해 몸부림친다. 그녀의 진통이 심해진다. 미칠 것 같아 그녀의 배를 찢고 뛰쳐나간다. 탯줄을 끊고 달아난다. 그녀의 내장이 몸 밖으로 흘러내린다. 그녀는 침대에 누워 계속 피를 흘리고 있다. 담당 간호사가 급히 내 뒤를 쫓는다. ((이봐요, 보호자님, 보호자님)), 보호자님이 내 뒤를 쫓는다. ((이봐요, 보호자님, 보호자님))이 내 뒤로

점점 멀어진다. 나는 문이 닫히고 있는 엘리베이터를 간신히 탄다. 엘리베이터가 빠르게 올라간다. 1, 2, 3, 엘리베이터 문이 열린다. 문이 열리면 다시 10층이다. 10층은 옥상이다.

나의 정신병동의 보호사들이 옥상 철문을 두드리고 있다. 그 두드림에 옥상도 울렁대고 바닥도 울렁댄다. 그녀가 없으면 커져 버리는 내가 옥상 바닥 끝에서 가부좌를 한다. 하늘도 어수선하고 땅도 어수선하다. 두 눈을 감는다. 점점 작아진다. 허공으로 몸이 떠오른다. 머리가 무거워 머리가 먼저 내려간다. 엘리베이터도 따라 내려간다. 10, 9, 8, 7, 6, ((더 깊이, 더 깊이)), 5, 4, 3, 2, 1, ((꽝)) 엘리베이터의 문이 열린다. 문이 열리면 포토샵이다.

그녀의 포토샵 窓에는 프리다 칼로의 도로시 해일의 자살(1939)이 걸려 있다. 다른 窓을 열고 두 명의 내가 들어온다. 그녀는 도로시 해일의 자리와 자세를 나에게 내어 준다. 두 명의 나는 그녀의 안내대로 그 자리로 가서 그 자세를 취한다. 그녀가 두 명의 나를 미친 사람 보듯 한다. 그리고 「어느 정신병자의 꿈(2010)」으로 저장한다. 그녀가 포토샵 窓들을 모두 닫는다. 그녀가 문을 열고 작업실을 빠져나간다. 나는 어둠 속에 누워 또 다른 나에게 말을 한다. 그렇게 해서 옥상까지 오를 수 있겠어? 물론이지! 하며 또 다른 내가 허공으로 솟구친다. 머리가 무거워 발부터 올라간다. 엘리베이터도 따라 올라간다. 1, 2, 3, 엘리베이터 문이 열린다. 문이 열리면 병실이다.

　나의 병실에는 내가 사랑하는 그녀가 두 명의 내가 그려진 그림 하나를 걸고 있다.

점멸; 노란색을 찾아서

고흐의 화병에 꽂힌 해바라기가 나를 끌고 고등학교로 간다. 해바라기는 내 뇌에 헤드폰을 꽂고 아이들이 해체된 서태지의 리메이크된 교실 이데아를 부르고 있다. 사방이 막힌 꽉 막힌 이 시커먼 교실로 나를 몰아넣는다.

결핵에 걸린 내가 고3병에 담겨 야간 자율 학습 위에 엎드려 있다. 나는 누렇게 뜬 얼굴로 시들어 가고 있다. 글자들이 흔들흔들 춤을 춘다. 학우들의 머리들도 흔들흔들 춤을 춘다. 해바라기는 하나씩 머리를 밟고 올라서도록 해 좀 더 잘난 노래를 부른다. 교실이 자꾸 점멸한다. 나도 따라 점멸한다.

마지막 버스에 담긴 하굣길이 어둠을 가른다
내 방에 반듯하게 누운 마지막 내가 세상을 가른다

됐어((됐어)) 족해((족해)) 어두운 방 안이 노랗게 물들어 가고 있다. 나는 하늘이 노랗다는 말을 처음 경험해 본다. 50개의 환약이 내 몸속을 돌고 돌며 수분을 뽑아내고 있다. 내 몸이 점점 말라 간다. 내 몸이 모래바람으로 흩어진다. 해바라기가 나를 맞으며 시들어 가고 있다.

사막이다. 낙타의 발이 자꾸 사막 밑층으로 빠져든다. 사
막 밑층에는 가족들이 깊이 잠들어 있다. 낙타의 발이 가
족들을 밟고 무거워진다. 그래도 사방이 트인 확 트인 사막
이 교실보다 맘에 든다. 하지만 해바라기는 노란 꽃잎들을
떨어뜨리며 자꾸 갈증을 호소한다. 시커먼 발도 없고 밟고
올라서야 할 시커먼 머리도 없는 이 사막이 너무 맘에 든
다. 하지만 해바라기는 이 사막을 밟으며 뛰쳐나간다.

해바라기가 좌변기에 얼굴을 들이대고 나를 토해 낸다
물속에서 토사물로 리메이크된 내가 울긋불긋 떠다니고
있다

고흐의 화병에 다시 꽂힌 해바라기가 리메이크된 나를
끌고 내 방으로 간다. 해바라기는 내 뇌에 이어폰을 꽂고
I들이 해체된 여정의 「노란색을 찾아서」를 부르고 있다.
사방이 노란 꽉((확)) 노란 어두운 방으로 나를 다시 몰
아넣는다. 내 방에 반듯하게 누운 내가 마지막 꿈으로 어

둠을 가른다. 꿈속에서 시들어 버린 해바라기가 내 노란
방에 마이크를 놓고 널 그리곤 덥석 모두를 집어삼킨 마
지막 어둠을 부른다.

피아노 P

저를 좀 두드려 주세요
너무 아프지 않게
허공에 몸 싣고 날아오를 수 있게

너무 아름답지 않나요?
제 살이 찢겨지는 소리에요
제 피가 솟구치는 소리에요

당신의 열 손가락이 만들어 내는 노을이네요
제 몸 가득, 하늘 가득, 번져 가는 노을이네요

노을이 너무 아프다고요?
아니에요, 아픔은 침묵이죠, 침묵은 곧 죽음이니까요

저를 마음껏 두드려 보세요
아프더라도
노을이 되더라도
당신의 열 손가락이라면 좋아요
棺 뚜껑을 열어 주신 당신이라면
언제든지 누런 이 드러내며 웃을 거예요

사춘기·수박

덜 익은 수박이었을 때 내 속은 이미 붉었고 또한 물로 충만해 있었으니,

스치는 바람들은 내 껍데기를 보고는 푸른 나뭇잎을 닮았다고 혹은 내 얼룩 줄무늬를 보고는 무늬가 참 곱다고 했지만 얼룩 줄무늬는 내 붉은 속에서 우러나온 검푸른 얼룩이었을 뿐.

밤마다 나는 수박을 반으로 쪼개듯《여성 대백과 사전》을 펼쳤지. 사랑이 있기 전 섹스가 있었으니,

수박 안에는 수백 개의 목각 인형들이 수백 개의 체위를 만들었고 나는 그 목각 인형들 위에서 혹은 밑에서 헉헉댔지. 둥근달 아래서 나는 수박씨를 뱉어 내듯 내 몸속을 뜨겁게 달구던 태양들을 뱉어 냈고 무화과나무 잎사귀들로 내 아랫도리들을 가렸지.

어둠 속에서 커다란 눈동자들이 뚫어지게 나를 노려봤어. 무화과나무 잎사귀에 수백 개의 구멍이 뚫렸어.

잘 익은 수박이었을 때 내 속은 이미 없었고 또한 껍데기는 쓰레기통에 처박혀 쉰내를 내고 있었으니,

어린 날들의 肖像

　우리는 7공주였을까요?/ 우리는 한 아이를 우리 안에 몰아넣고/ 月요일에 주황이 그 아이에게 돼지바를 주고/ 火요일에 노랑이 그 아이에게 붕어빵을 주고/ 水요일에 초록이 그 아이에게 칼국수를 주고/ 木요일에 파랑이 그 아이에게 눈깔사탕을 주고/ 金요일에 남색이 그 아이에게 돈가스를 주고/ 土요일에 보라가 그 아이에게 왕만두를 주고/ 日요일에 빨강인 나는 쉬었습니다.

　우리는 우리 안에 그 아이를 집어넣고 싶었을까요?/ 우리는 우리 안에 그 아이를 몰아넣고 돌아가며/ 月요일에 빨강인 나는 그 아이에게 곶감을 주고/ 火요일에 주황이 그 아이에게 사과와 배를 주고/ 水요일에 노랑이 그 아이에게 ((팥))시루떡을 주고/ 木요일에 초록이 그 아이에게 대추와 밤을 주고/ 金요일에 파랑이 그 아이에게 편육을 주고/ 土요일에 남색이 그 아이에게 ((펩시))콜라와 ((칠성))사이다를 주고/ 日요일에 보라는 쉬었습니다.

　우리는 8공주를 꿈꾸었을까요?/ 우리는 그 아이를 우리 안에 몰아넣고 돌아가며 먹을 것을 주었습니다/ 우리 안에 그 아이는 사람이었을까요?/ 우리는 그 아이를 우리 안에 몰아넣고 돌아가며 먹을 것을 억지로 먹게 했습니다/ 울며, 울며…… 먹는 그 아이는 짐승이었을까요?/ 우리는 무지갯빛 7공주였을까요? 무지개派 7공주였을까요?/ 月·火·水·木·金·土 우리는 돌고 돌며 그 아이에게 먹을 것을 주었습니다.

돌고 돌아오는 日요일에 그 아이는 쉬었을까요? 울었을까요? 아니면……¿

떨리는 손의 소묘

모닝글로리 연습장에 오토펜슬2.0㎜로 왼손을 그려 본다. 그리는 오른손보다 작고 어리게 그린다. 포즈를 취한 왼손이 허공에서 조금씩 떨려 온다. 연습장 속으로 작고 어린 왼손도 따라 떨려 온다.

한 아이가 시험대 위에서 피리를 불고 있다. 구멍을 맞출 수 없이 떨리는 손가락들이 피리를 놓치고 있다. 허공에서 떨리던 음들도 바닥으로 떨어지고 그 아이는 떨리는 손가락들을 움켜쥐며 두 손으로 두 눈을 가린다. 심박동이 박자보다 너무 빨랐다. 선생님과 아이들의 눈들이 심박동보다 더 빠르게 커져 갔다. 그 아이는 그 눈들이 무서워 떨어진 피리의 밑구멍 속으로 숨어든다. 아이로 막혀 버린 피리는 바닥에서 일어나 제자리로 겨우 돌아간다. 아이는 떨리는 피리 안에서 몇 개의 작은 구멍들을 통해 떨리는 밖을 본다. 아이의 시야가 구멍으로 좁아져 밖도 따라 좁아진다.

모닝글로리 연습장에는 오토펜슬2.0㎜로 그리지 않아도 떨림으로 자라나는 왼손이 있다. 그 왼손을 바라보면 두

눈도 따라 떨리고 그 왼손을 따라 허공으로 포즈를 취한 왼손도 따라 떨린다. 데칼코마니로 찍어 낸 것 같은 포즈를 취한 오른손도 허공으로 따라 떨린다.

피리로 막혀 버린 한 사내가 초등 동창들을 만나러 간다. 지하철은 잘 뚫린 구멍으로 피리 소리를 내며 달려간다. 피리 소리에 어지러운 그 사내는 불안한 한 음, 한 음이 되어 신기역 출구로 새어 나온다. 막창집을 찾아가는 길이 조금씩 흔들리고 있다. 막창집의 문이 조금씩 흔들리고 있다. 심박동이 걸음보다 너무 빨랐다. 동창들이 흔들흔들 막창을 굽고 있다. 구우면 구울수록 구멍이 쪼그라들어 막혀 버리는 막창이 그 사내의 눈앞에서 지글지글 아이로 막힌 피리 소리를 낸다. 그 사내의 빨라지는 심박동이 동창들의 눈을 더 빠르게 키운다. 눈이 커져 버린 동창들이 두려워 젓가락을 놓친다. 떨려 오는 손이 소주잔을 들지 못하고 건배를 사양한다. 친구를 사양한다. 피리로 막혀 버린 그 사내의 말이 어눌어눌 새어 나오다 사라진다.

허공에는 오토펜슬2.0㎜와 상관없이 너무 커져 버린 양

손이 있다. 커져 버린 양손이 두려워 심박동이 빨라진다. 팔을 놓친 손이 모닝글로리 연습장에 떨어진다. 손을 놓친 손가락의 몇 마디는 연습장 밖으로 떨어진다. 떨어진 손과 손가락들이 연습장 안팎에서 이글이글 떨리고 있다.

137피스 퍼즐; 불안(2010)

하늘, 갈라지, 시작했, 양떼구름, 떨어지, 시작했, 날개, 잃, 비둘, 몇 마리, 추락하, 나무, 가지들, 부러지, 바벨탑에, 금, 가, 흔들리, 사람들, 우왕좌, 하며 같, 언어, 떠들, 소통, 되지 않, 흩어지, 지하1, PC방으, 몰려, 친구들, 훈이, 아이온, 환이, 와우(WOW, 를, 현이는, 타크래프트, 나, 리니지2, 함께 있, 따로, 놀, 즐기, 이 시대, 우리, 친구, 맞, ? 환이, 먼저 가, 현이, 다음에 가, 나, 훈이, 두고 가, 함께 들어왔, 제각, 따로 가, 우리, 친구, 맞, ? 이 시대, 낯설, 엄마, 거실에, 드라마, 아빠, 서재, 노트북으, 프로야구중, 동생, 책상에, 놓, 데스크, PC, 영화를 보, 함께 있, 이 균열, 우리, 가족, 맞, ? 아빠, 프로야, 얘기, 하고 엄마, 드라마 애, 하, 동생, 영화 애, 하, 서로가 서로, 다른 얘기만, 재미, 없, 몰라, 몰라, 몰락, 양떼구름, 잃, 양 한 조각구름, 전신거울, 떨어져, 금, 가, 나, 원본, 거울 속, 나, 사본, 금, 간, 거울, 피스퍼즐본, ? 원본, 시대, 가, 사본, 시대도 가, 그렇, 열정, 지식, 시대, 가, 재미, 시대 와, 균열, 틈, 금, 이제, 아프지 않, 그렇다고 재밌, ? 아귀, 맞지 않, 이 시대, 우리, 우르, 다 무너질 일, 남았,

호러 영화를 찍다

1-1

13일의 금요일, 소파에 누워 25년이 지난 극장에 간다. 내열 ⑯번 어둠에 앉는다. 효과음만으로도 가슴이 나를 두들긴다. 무덤에서 갑자기 튀어나온 손이 내 두 눈을 가린다. 손가락들이 틈을 만들어 처녀 귀신을 열었다 닫았다 한다. 스피커를 찢고 나오는 비명에 내 몸속의 비명이 기다렸다는 듯 나를 찢고 나간다. 여기저기 피가 튄다. 오싹해진 등골이 식은땀을 흘려보낸다. 떨리는 몸이 쥐구멍에라도 숨고 싶고 무덤에라도 들고 싶다. 쥐구멍을 뚫었다 무덤을 덮었다 하는 두 눈이 해골을 보았다 말았다 하고 해골의 비워진 동공으로 쥐의 머리가 잘렸다 붙었다 한다.

1-2

건장한 한 사내가 처녀의 몸에 삽질을 한다. 관람석들이 처녀의 몸에서 일제히 비명을 퍼낸다. 처녀의 몸이 무덤을 토해 낸다. 무덤에서 스멀스멀 아기들이 기어 나온다. 아

기들이 처녀의 피를 빨아먹는다. 뼈를 갉아먹는다. 갉아 대
는 소리가 관람객들의 뼈를 갉아 댄다. 극장 가득 어둠 가
득 비명이 쏟아진다. 아기들이 그 비명에 놀라 피 울음을
운다. 건장한 그 사내가 피로 물든 아기들을 달랜다. 아기
들이 건장한 사내의 품에서 하나, 둘,…… 잠들기 시작한다.
숨소리 하나 나지 않는 고요한 밤, 건장한 그 사내 앞에 처
녀 귀신이 갑자기 모습을 드러낸다. 관람석들이 갑자기 움
찔한다. 처녀 귀신이 건장한 그 사내를 찢어 대기 시작한
다. 관람객들이 비명을 질러 대기 시작한다. 잠든 아기들은
자장가인 양 자던 잠을 계속 잔다. 처녀 귀신이 한 아기의
몸속으로 들어간다. 한 숨소리가 흘러나오고 그 아기가 갑
자기 눈을 번쩍 뜨고 먹이를 바라보듯 우리들을 노려본다.

　# 2

　13일의 금요일, 소파에 누워 방금 본 영화를 그 극장
안에서 한 번 더 본다. 다른 관람객에게 밀려 [내]열 ㊶번
어둠으로 자리를 옮긴다. 효과음만으로는 가슴이 나를 두

들기지 않는다. 관람객들의 두근대는 가슴들이 나를 더 누그러뜨린다. 무덤에서 갑자기 튀어나온 손이 여기저기에서 비명을 토해 낸다. 그 손이 토해 낸 비명들이 나는 우습다. 처녀귀신이 나타날 때마다 움찔대는 관람석들이 나는 재밌다. 비명들을 토해 내는 무덤도 우습고 해골도 재밌다. 비명들을 퍼내는 건장한 사내의 삽질도 우습고 비명들을 빨아 대는 아기들도 재밌다. 웃음이 터지기 일보직전, 건장한 사내가 내 웃음보를 달래 준다. 비명으로 물들 아기들이 내 웃음보 안에서 겨우 잠을 잔다. 숨소리 하나 나지 않는 고요한 밤이 내 웃음보 안에서 킥킥댄다. 건장한 그 사내의 몸이 비명들과 함께 내 웃음보 안에서 찢겨질 것이다. 잠들지 못한 웃음 하나가 눈을 번쩍 뜨고 처녀 귀신의 몸속으로 들어간다. 처녀 귀신이 한 웃음과 여러 비명들을 노려본다. 한 웃음과 여러 비명들 사이로 갑자기 눈을 번쩍 뜬 그 아기의 눈동자가 참 고운 하늘빛이다.

\# 3-0

13일의 일요일, 소파에 누워 밀린 잠을 잔다. 호러 영화도 닫혔고 참 고운 하늘빛도 닫혔다. 비명도 닫혔고 웃음보도 닫혔다. 묵묵히 밀린 잠을 끌고 가던 내가 갑자기 눈을 번쩍 뜬다. 충혈진 눈이 더 깊은 잠을 예고라도 하듯 잠이 다시 나를 끌고 간다.

하늘도 무심하시지

오랜만에 바라보는 하늘의 하늘빛이 참 곱다. 순간, (검색한다) 르네 마그리트의 화집 속의 하늘빛이 바라보던 하늘에 겹쳐진다. 순간, 내 눈에 다크서클이 생긴다. 나는 (검색한다) 뭉크의 화집 속의 한 행인이 되어 가르멜 수녀원으로 가는 한낮의 산책로에 서 있다. 그 행인이 (검색한다) 내 한낮의 산책로를 칼 요한 거리의 저녁으로 물들이고 있다. 순간, 그 행인 안에 있던 그림자 하나가 (검색한다) 절규의 대머리 사내가 되어 비명을 지른다. 순간, 칼 요한 거리의 저녁이 굴곡으로 꿈틀대고 그 행인은 (검색한다) 불안의 한 행인이 되어 다시 서 있다.

아, 어쩌다가, 내가! (클릭한다) 교통사고 현장에 와 있다. (클릭한다) 한 사내가 피를 흘리며 아스팔트에 쓰러져 있다. (클릭한다) 어머, 죽었나 봐, 어떡해, 하며 수군대는 행인들 틈에서 나는 (검색한다) (클릭한다) 지난 뉴스들을 (클릭한다) 수없이 본 드라마와 영화들을 (클릭한다) (검색한다) 마땅한 제목을 찾지 못한 그 현장은 잠시 내 머릿속에서 표절 시비에 휘말린다. (클릭한다) 컷, 리얼리티가 부족해! (클릭한다) 컷, 컷, 너무 상투적이야! (클릭한다) 나

는 쓸쓸한 미소를 뒤로하고 그 무심한 현장을 빠져나오고 있다. 아, 어쩌다가 내가! (클릭한다)

다시 굴곡으로 꿈틀대는 한낮의 산책로를 걸어간다. 불안의 한 행인 안에 있던 그림자가 이제 나를 바닥으로 땅으로 끌어당기며 더 큰 어둠으로 내 가죽 구두를 붙잡고 늘어진다. 늘어지는 그 길 가로수들이 (검색한다) 자꾸 이 문제의 **기념식수**가 되어 서 있고 나는 가로수 곳곳에, 살아있는 형님들을 애써 묻으며 미리 슬퍼하며 지나간다. (클릭한다) 젖은 구두를 햇빛에 너무 말려 버렸는지 마른 구두가 자꾸 갈라지고 (클릭한다) 젖을 눈을 미리 다 말려 버렸는지 내 눈동자는 젖어도 늘 맑은 하늘빛이다. (검색한다) 르네 마그리트의 잘못된 거울의 눈을 가진 내가 무심해진 하늘을 밟고 (클릭한다) 머나먼 집으로 계속 돌아간다.

그냥 일상

—— 2010피스 퍼즐

어머니는 참오동나무라 하는데
나는 그냥 나무라 한다
아버지는 은방울꽃이라 하는데
나는 그냥 꽃이라 한다

어머니는 자가용이라 하는데
형은 에스엠파이브라 한다
아버지는 반코트라 하는데
누나는 코데즈컴바인이라 한다

나는 포켓몬스터라 하는데
조카는 푸크린이라 한다
나는 파란팽이라 하는데
조카는 메탈베이블레이드스톰페가시스라 한다

남자 친구는 60대의 컴퓨터를 오토로 돌리는 방법을 애
기하는데
나는 예술에 접근하는 오토적 방법을 물어본다
여자 친구는 다도에 대해 얘기하면서 보이차를 따르는데

나는 카라멜마끼야또를 생각하면서 주는 대로 그냥 마신다

아버지소파에 기대어

우리 집에는 낡은 소파가 하나 있다. 언제부턴가 그 소파에는 늘 아버지가 앉아 계신다. 그래서 나는 그 소파를 그냥 아버지소파라 부른다. 3인용 그 소파에 오늘은 어머니와 어머니를 뵈러온 형, 그리고 형수가 앉아 있다. 아버지는 소파이기에 따로 앉을 자리가 필요 없다. 살아생전 묵묵히 자리를 지키셨으므로 지금도 그 모습 그대로 묵묵히 그 자리를 지키신다. 어머니와 6살 차이가 나던 아버지는 이제 4살 차이가 되셨다. 점점 젊어지는 아버지가 어머니는 더 의지가 되는지 못난 자식들은 영 뒷전이시다. 그래도 그런 어머니가 더 사랑스러운 날이면 나는 아버지소파에 아버지와 나란히 앉아 하늘에 계신 우리 아버지께 기도를 드린다. 어머니께 생기를 가득 불어넣어 주시기를.

아버지소파는 복막투석을 하며 날 꾸짖는다. 詩도 좋지만 집안일도 좀 도우라고. 나는 그 듣기 싫기만 하던 꾸지람이 이제는 싫지만은 않다. 나는 아버지소파가 있는 거실부터 청소기를 돌린다. 어머니 방도 돌리고 옷 방도 돌리고 주방도 돌린다. 나는 날이 지날수록 하루하루 젊어지시는 아버지가 더 정답게 느껴진다. 나는 그 정다움에 하루하루

더 고분고분해진다. 그래서 세탁기도 돌리고 식기세척기도 돌린다. 일이 많아 피곤한 날이면 나는 **아버지소파**에 기대어 잠시 눈을 감는다. 혹시 선잠에라도 드는 날이면 어머니보다 더 어려 보이는 아버지가 어김없이 현관문을 열고 들어오신다. 덜컥, 눈을 뜨면 점점 새것으로 변해 가는 아버지소파에 기대어 묵묵히 내가 있다.

하루살이 백수 → 하루살이백수

　하루살이 백수는 거듭나고 싶었는지도 모른다. 시끄러운
양들의 침묵을 끄고, 가르멜 수녀원 담을 따라 돌고 돌던
그 산책길도 끄고, 아기 예수를 안고 있는 마리아상도 끄
고, 잘 태어나신 친구 분을 만나고 돌아오신 아버지도 끄
고, 아버지도 끄고, (아버지, 아버지는 잘 태어나셨나요?)
어머니의 눈물도 끄고, 지구가 둥글지만은 않을지도 모른
다고, 달아날 구멍인 줄 알고 달려갔던 그 달이 커다란 癌
덩어리였던 것처럼. 둥근달이 떠있는 窓들을 닫고 컴퓨터
窓을 연다. 방 안 가득 사각 달이 뜬다. 그 달 안에서 하루
살이 백수는 하루살이백수로 거듭난다. 직업을 갖는다, 전
문 기술도 배운다, 심부름도 하고 사냥도 한다, 무두질도
하고 채광도 한다, 잠시도 쉬지 않고 일을 한다, 돈을 번
다, 거래도 하고 경매도 한다, (아버지, 저 이렇게 계속 살
아도 되나요?) 밀려드는 생각을 끄고, 하루살이백수는 이
제 군마를 탄다, 좀 더 많은 돈을 벌기 위해 좀 더 빠른 속
력으로 움직인다, 하루살이백수는 가끔 죽는다, 죽을 때마
다 가까운 무덤으로 영혼이 이동한다, 그때마다 영혼은 제
시체를 찾아 죽은 지점으로 달려간다, 중환자실을 지나, 응
급실을 지나, 소파에 앉아 계신 아버지, 아버지를 지나, 부

활한다, 부활하고 또 부활한다. (아버지, 저 이렇게 계속 죽어도 되나요?) 밀려드는 어머니의 눈물을 지나, 지나, 지나, 하루살이백수는 이제 그리핀을 탄다, 사자와 독수리와 내가 한 몸이 되어 날아오른다, 좀 더 많은 돈을 벌기 위해 좀 더 빠른 속력으로…… 움직인다.

가면들에 둘러싸인 자화상

　나는 새벽 5시에 게임 종료된 하루살이백수다, 나는 낮 12시에 개켜진 이불이다, 빈집이다, 나는 전기밥솥에서 금방 꺼낸 밥공기다, 냉장고에서 꺼낸 밑반찬이다, 수저다, 나는 개수대에 던져진 빈 그릇이다, 지저분해진 수저다, 나는 소화기관에서 배설기관까지 걸어 다닐 운동화다, 운동화에 걸쳐진 셔츠다, 모자다, 나는 짤랑거리는 동전이다, 자동판매기에서 금방 꺼낸 커피다, 주머니에서 꺼낸 담배다, 연기다, 나는 심심해서 나를 만지작거리는 핸드폰이다, 음성변조 장난 전화다, 귀신 목소리다, 나는 휴지통에 버려진 종이컵이다, 꽁초다, 재다, 나는 낮 1시를 걸어가는 길이다, 티셔츠에 그려진 2개의 해골바가지다, 나는 홈플러스 남대구점이다, 승객을 기다리는 개인택시들이다, 테이크 아웃 커피 전문점이다, 나는 KT&G 대구 본부다, 뼈다귀 해장국집이다, 나는 음식물 쓰레기통 주변을 서성이는 하얀 고양이다, 맛있어 보이는 카키색 깃털의 앵무새다, 새빨간 입술이다, 나는 여자의 짙은 화장이다, 백인이다, 흑인이다, 여자다, 남자다, 나는 낮 1시30분에 앉아 있는 벤치다, 노곤함이다, 지루함이다, 갈 곳 없는 바람이다, 갈증이다, 나는 버튼에서 방금 태어난 캔 음료다, 찌그러진 빈 깡통이다,

나는 찌그러진 허공 속을 걸어가는 낮 2시다, 앞산에서 내려오는 황사 마스크다, 나는 2개다, 3개다, …… 나는 다세대주택이다, 희미하게 나를 지우는 자동문 유리다, 나는 버려진 책들에서 건져 낸 뭉크/칸딘스키/앙소르/마그리트 공동 화집이다,《현대세계미술대전집》11번이다, 금성출판사다, 나는 천천히 걸어가는 불안이다, 절규다, 뼈가 있는 자화상이다, 즉흥 19다, 즉흥 30이다, 나는 푸가다, 노랑=빨강=파랑이다, 나는 밝은 땅 위의 형상이다, 비통해하는 사나이다, 지옥의 행렬이다, 나는 집 앞에서 걸음을 멈춘 대문 열쇠다, 현관문 손잡이다, 나는 나를 통째로 먹는 거짓 거울이다, 과대망상광이다, 최후의 절규다, 나는 낮 2시20분에 다시 돌아온 내 방이다, 어리둥절하게 만드는 영역 Ⅷ이다, 나는 개켜진 이불 위에 아무렇게나 던져진 티셔츠다, 모자다, 공동 화집 뒤표지다, 나는 가면들에 둘러싸인 자화상이다, 충혈진 눈이다, 야비한 웃음이다, 왼쪽 눈으로만 흘리는 피눈물이다, 나는 제임스 시드니 앙소르다, 나는 낮 2시50분에 새로 생성된 제임스앙소르다, 나는 다시 처음이다

김춘수 「꽃」의 에필로그 혹은 떨어지는 꽃잎, 꽃잎
— 2010피스 퍼즐

숨은 數가 많으면 많을수록 좋겠소
(장소는집이아닌PC방같은곳이더적당하오)

제1의아바타가외삼촌이라고부르오
(나는그에게로가외삼촌이되었소)
제2제3제4의아바타가삼촌이라부르오
(나는그들에게로가삼촌삼촌시동생이되었소)

숨은아바타多數

제11제12제13제14의아바타가택수라고부르오
(나는그들에게로가동생아들동생친구가되었소)
제15제16제17의아바타가오빠라고부르오
(참고로나는2남1녀중막내라오)

숨은아바타多數

제33의아바타가아빠라고부르오
(참고로나는결혼을한적도자식을낳아본적도없소길러본

적은더더구나없소)

　　제34제35의아바타가선생님사장님이라고부르오

　　(참고로나는여지껏백수라오)

　　제36제37제38제39제40의아바타가아겔다마님이라고부
르오

　　(나는그들에게로가아겔다마가되었소)

　　숨은아바타多數

　　제72의아바타가박상륭님?이라고부르오

　　(나는그에게로가단편소설!단편소설집!이되었소)

　　(참고로문지판이라오)

　　제73의아바타가다마님이라고부르오

　　(참고로독특한전구인줄알았다하오)

　　제74의아바타가다마네기님이라고부르오

　　(참고로아겔다마그러면이상하게다마네기가자꾸생각난다
그러오)

　　제75제76제77의아바타가아겔다마님이라고부르오

　　(나는그들에게로가가룟유다의피로물든밭이되었소)

제78의아바타가나그네의묘지님이라고부르오
(나는그에게로가나그네와묘지가되었소)

숨은아바타多量

(참고로) 그들에게 호명되기 전 나는 한 송이 꽃이었소
그들에게 호명되고 난 뒤에야 비로소 나는
꽃잎·꽃잎…떨어지는·피스·피스…퍼즐이되었소

북지장사 가는 길
— 초등 동창 강윤을 기념함

시인의 길을 지나 북지장사 가는 길에는 대명국민학교가 있다. 13살인 친구와 13살인 내가 그 길을 오르고 있다. 북지장사 가는 길에는 형덕도 있고 성호도 있다. 우리는 펩시콜라 병에 빨대 네 개를 꽂고 서로 먹으려고 머리통을 들이밀고 있다. 솔잎 좀 가득하다. 북지장사 가는 길에는 《펩시 동물 백과사전》에 붙일 동물 스티커도 몇 장 있고 보석콘에 들어있는 가짜 우표도 몇 장 있다. 대명국민학교를 지나 41살인 친구와 내가 굴곡을 오르내리며 올라가고 있다. 우리보다 먼저 굴곡을 오르내리며 내려가는 계곡물들이 맑은 소리를 흔든다. 우리는 살짝 웃는 얼굴로 답을 하고 가던 길을 계속 간다.

북지장사 가는 길에는 빽빽한 소나무들이 하나둘 자리를 비켜 주고 터를 내준다. 그 터에는 한일극장이 들어와 셔터 아일랜드와 타이탄을 동시상영하고 있다. 우리는 두 영화가 똑같이 시작하는 서로 다른 바다 위를 나란히 걸어간다. 레오나르도 디카프리오가 우리를 따라 걷는다. 나는 레오나르도 디카프리오에게 랭보의 가면을 씌어 준다. 그 가면 사이로 토탈 이클립스가 흘러나오고, 베를렌느가 시인의 길, 육필공원에 있던 거대한 남근 두 개를 들고 잠시 모습을 드러낸다. 친구는 입을 열어 다음 영화 예고편을 상영해준다. 우리는 페르시아의 왕자: 시간의 모래 위에 걸터앉아 잠시 쉬기로 한다.

북지장사 가는 길 바위에는 쌍둥이를 낳고 유방암으로 세상을 떠나 버린 13살짜리 진경도 있고 중학교를 같이 다니다 소식이 끊겨 버린 16살짜리 민도 있다. 솔잎 좀 아득하다. 가구 공장을 하기 위해 베트남을 오가는 41살의 형덕도 있고 학원에서 아이들을 가르치는 40살의 성호도 있다. 그들 옆에는 13살짜리 짝꿍들이 제자리를 찾느라 분주하다. 우리는 그 친구들을 시간의 모래들이 뭉쳐진 바위에 남겨 두고 가던 길을 계속 오른다. 북지장사 가는 길에는 내 건강을 염려하는 친구의 디지털카메라가 있고 어머님의 안부를 물어보는 내 등산 모자가 있다. 친구의 대소사가 있고 나의 투병기와 간병기도 있다.

북지장사로 들어서는 길목에는 도통한 犬公 두 마리가 허공을 바라보고 있다. 그 허공을 鳥公 한 마리가 지나간다. 북지장사 입구에는 우리를 초월한 또 다른 犬公 한 마리가 길바닥에 널브러져 있고 우리는 금강문을 지나 재건축중인 대웅전 앞에 서서 난감해 한다. 나는 그곳에 친구의 경산시청을 잠시 지었다가 이내 허물어 버리고 우리는 요사채를 지나 삼층석탑을 향한다. 두 개의 석탑이 오랜 친구인 양 약간의 거리를 두고 서서 재건축 중인 우리를 바라본다. 친구는 디지털카메라를 나에게 맡기고 석조지장보살좌상과 삼존불을 찾아 계단을 오르고 있고 나는 신비한 교음을 내고 있는 烏公을 찾아 소나무 사이를 두리번거리고 있다. 우리는 犬公 세 마리의 배웅을 받으며 북지장사를 둘러 나온다. 북지장사 가는 길은 친구의 디지털카메라 안에 사진 파일로 고스란히 남아 있다. 우리는 사진 파일로 담을 수 없는 파일들을 압축 파일로 담으며 북지장사를 내려온다.

며칠 후, 북지장사 가는 길이 이메일 대용량 첨부 파일로 왔다. 나는 내 컴퓨터에 압축된 대용량 첨부 파일을 옮겨 푼다. 북지장사 가는 길과 사진 파일로 담을 수 없었던 파일들까지 함께 풀린다.

3부

둥근달이 떴었습니다.

(얼마나 많은 옥토끼들이 암수 서로 정답게 절구질을 했을까요? 무슨 잔치라도 열렸을까요?)

중환자실에서 아버지를 잠시 면회했었습니다.

(겁도 없이 아버지를 처음 만져 봤어요 엄격했던 아버지의 살이 생각보다 훨씬 물컹거렸어요 흐르는 제 눈물은 들키지 않았습니다 아버지는 또 속으셨어요)

((꿈을 꾸었습니다 아버지의 서재에서 형수가 전을 부치고 있었어요 제가 결혼이라도 했던 걸까요? 아가, 냄새가 참 좋구나! 그토록 환한 얼굴이 아버지였던가요? 리얼리티가 강한 제 꿈을 그대로 믿었습니다))

둥근달이 또 떴었습니다.

(그런데 반으로 갈라졌습니다)

((왼쪽에 떠있는 반달과 오른쪽에 떠있는 반달을 보며 전 그 사이에서 울음을 터뜨리고 말았습니다 아버지를 더 이상 속일 수가 없었습니다 전 두 개의 반달을 붙이고 싶었습니다))

간밤에 반달이 반달을 붙였습니다.

(가운데 금이 간 둥근달이 떴습니다 아귀는 조금 맞지 않았습니다)

((거울 속의 제 오른쪽이 조금 커졌습니다 그리고 조금 희미해진 것 같았습니다))

어쨌든 둥근달이었습니다.

((아버지, 옥토끼전은 어땠나요? 꿈속에서나 맛볼 수 있는 전(煎)이었던가요?))

(아버지, 제 혀가 반으로 갈라지고∥왼쪽에서 아빠라 부르는 어린 아이의 메아리가 들려옵니다 아버지∥아빠, 이제 먹구름을 덮어드릴게요. 이제 그만 비가 내릴 차례인가요?)

한 피스를 잃어버린 피스 퍼즐

(아버지)가 돌아가신 후부터 내 몸속에 자궁이 하나 생겼다. (어머니)를 임신한 나는 하루 종일 몸이 무겁다.

(억지로) 맛있는 음식들
(억지로) 밀려드는 밝은 생각들
(억지로) 나는 씩씩하고
(억지로) 행복하고
(억지로) 부지런하고
(억지로) 언제나 웃음을 잃지 않는다

내 자궁 속의 (어머니), (어머니) 자궁 속의 ((아버지)), ((아버지)) 자궁 속에는 눈물의 탯줄에 매달린 (((어머니)))가 그 탯줄을 통해 ((아버지))에게 양분을 공급한다. 점점 자라나는 ((아버지)), 산통이 잦아드는 (어머니), 그 몸부림에 나는 아픈 배를 움켜쥐고, (어머니)를 유산할까 봐, 나는 어쩔 줄을 모르고, 어머니를 바라본다.

(억지로) 꽃이 아름답고
(억지로) 드라마가 재미있고

(억지로) 나는 착해지고
(억지로) 건강해지고
(억지로) 길들여지고
(억지로) 세상이 살 만하다

(아버지)가 돌아가신 후부터 집 여기저기에 자궁들이 생겨난다. 소파가 (아버지)를 낳고, 붓과 벼루가 (아버지)를 낳고, 다니러 온 누나가 (아버지)를 낳고, 가방이, 바둑알들이 (아버지)를 낳고, 낳고, 집 여기저기에서 태어나는 (아버지)들의 (울음소리)가 집 안을 더 적막하게 만든다.

(억지로) (아버지)를 유산하고
(억지로) (어머니)를 유산하고
나는 어쩔 줄을 모르며 어머니와 함께
(억지로) 감사 기도를 드린다, 하늘에 계신 우리 (아버지)들께

109피스 퍼즐; 사랑(2012)

── 한 피스(🧩)를 잃어버린 피스 퍼즐

내가, 🧩, 의 손, 잡, 걸어갑, 나, 봄과 가을, 갈림길에, 🧩, 의 얼굴, 바라봅니, 🧩, 의 이마, 흐르, 땀방울, 닦아주, 내 벙어리장갑, 젖어듭, 서로, 얼굴, 마주보, 웃고 있, 우리, 바라보, 내 눈, 눈물, 흐릅, 나는, 🧩, 이 피워 무성, 푸른 잎들, 매달려 있, 빈 가지, 보며 뿌옇, 흐려지, 눈으, 미소, 짓습니다, 🧩, 이 드리운 그늘, 있어, 나, 이 겨울, 따뜻합,

오늘, 변함없, 테일바, 들어가, 홀로 마주앉, 바닐, 카페라떼, 자마이, 블루마운틴, 마십, 마르가리타 취기, 오르, 비틀걸음으, 🧩, 과 엔제리너스에, 빠져나, 나란, 홀로 걸으, 눈이 내립니, 🧩, 이 우산, 펼치, 소나기, 우산, 퍼붓, 나, 함박눈, 맞습, 전봇대, 나, 붙잡, 점점 어두워, 내 눈, 향해 내 눈, 지우, 눈, 내립니, 스르, 내 눈, 감기고, 🧩, 의 이름, 부르다, 이제, 완전, 어둡습,

차가운 나, 품었습, ? 나, 스르르, 🧩, 에게, 녹아듭, 여기, 어디입, ?, 🧩, 의 자궁입, ? 멀리서 가깝, 🧩, 의 고른 숨소리, 들려옵니, 🧩, 의 어둠, 참 따뜻합니,

그냥 나무
── 첫사랑을 기념함

구체적 이름의 나무들은 나에게로 와 구체적 이름들을 떨구고 그냥 나무로만 서 있다. 자기 이름을 사랑하는 구체적 이름의 나무라면 나에게로 오게 된 것이 불행이다. 다른 것으로 오지 않고 나무로 오게 된 것이 불행 중 불행이다. 차라리 새나 책이나 옷이나 자전거나 공원이나 놀이기구나 하다못해 꽃으로만 왔어도 그나마 나았을 것이다. 나는 그 불행한 나무를 응시한다(내눈동자에는내가볼수없는축소판불행한나무두그루가서있으리라!). 나무는 시신경을 타고 뿌리를 뻗는다. 시신경을 타고 내 머리가 지끈거리고 내 가슴이 화끈거린다(구체적이름을모르는대가인가?). 나는 온몸으로 뿌리가 되어 그 나무의 굵은 줄기를 머리에 접목하고 있다. 뿌리를 막 벗어난 축소판 내가 삼천리자전거를 타고 이상하게 접목된 굵은 줄기의 길로 들어선다. 페달을 밟는다. 굵은 줄기에서 한 가지가 뻗어 간다. 삼천리자전거가 한 가지를 만든다. 나는 그 가지의 구체적 이름을 알고 있다(93년4월4일S를만나러가는가지). 나는 그 가지에 매달려 있던 무성한 잎새들의 구체적 이름들도 알고 있다. 그 구체적 이름들을 삼천리자전거가 지나간다. 대명초등잎, 개나리아파트잎, 대구가톨릭대학병원잎, 두류축구

장잎, 우방타워랜드잎, 내당동삼익맨션아파트잎, 서구청잎, 페달은 93년4월4일S를만나러가는가지에 그 잎들을 내며 그 나무의 굵은 줄기에 물과 양분을 공급한다. 그 가지의 끝에 유성비디오잎이 매달려있고 그 옆에는 S의자취방잎이 매달려 불을 밝히고 있다. S의자취방잎새의 문이 열리고 우리는 또 다른 구체적 이름의 가지들을 내기 위해 나란히 걷는다. 함께 걷기도 하고 떨어져 걷기도 하고 멀어져 걷기도 하면서 나아가는 우리 뒤로 구체적 이름의 가지들이 늘어 간다. 그 가지들에 매달려 있는 잎새들을 바라본다. 93년10월가지에 매달린 경상서점잎, 태백산맥전집잎, 장미꽃25송이잎, 공주당케익잎, 7개촛불잎, 구체적 이름의 가지들에 매달려 구체적 이름의 잎새들도 늘어난다. 수성유원지잎, 바이킹잎, 영등포역잎, 저펜코리아피라미드잎, 불꺼진자취방잎, 제일서적잎, 멀티레벨마아케팅(MLM)잎, 서울대학병원잎, 항암제잎…… 그 불행한 나무는 이제 가지, 가지마다 구체적 이름을 뻗어 내고 그 가지, 가지마다 구체적 이름의 잎새들을 매달며 무성히 내 머리 위에 서 있다. 나는 그 굵은 줄기를 베어 그냥 나무, 뿌리에 다시 접목시켜 본다. 이제 나는 그냥 나무의 구체적 이름을 알고 있다(S나무). 행복해진 그 나무를 뒤로 하고 나는 또 다른 그냥 나무를 향해 걸음을 옮긴다. 까마귀 한 마리가 S나무 안에서 까치소리를 내며 울다가 허공을 날아간다.

어느 여름날의 콜라주(by 여)

── 2010피스 퍼즐 PS

제임스딘 드로즈 팬티(by 정)를 입고

레노마 뿔테 안경(by 안)을 끼고

란찌 반팔 셔츠(by 김)를 입고

페레진 7부 바지(by 이)를 입고

아이찜 군용 허리띠(by 홍)를 차고

엔진 스니커즈 양말(by 조)을 신고

스와치 가죽 시계(by 윤)를 차고

도크 06 챙모자(by 배)를 쓰고

놈 크로스백(by 최)을 메고

컨버스 캔버스화(by 민)를 신고

걸어갑니다, 조각, 퍼즐처럼, 조각, 조각, 잘, 끼워, 맞춰진, 보도블록, 위를, 놈 크로스백(by 최), 안에서, 김혜순『불쌍한 사랑 기계』(by 성)가, 함께, 갑니다, 몸도, 마음도, 조각, 퍼즐처럼, 조각, 조각, 잘, 끼워, 맞춰진, 내가, 아이플러스 PC방으로, 들어갑니다, 41번 컴퓨터가, 窓을 조각, 조각내고, 있습니다, 조각의, 數가, 점점, 늘어나고, 내, 몸도, 마음도, 시간도, 더, 잘게, 잘게, 數가, 늘어나고, 있습니다, 이, 시대가, 참, 재밌습니다, 나는, 여기서, 과거와, 미래를, 오가

며, 한바탕, 전쟁을, 치르겠습니다, 총에 맞아도, 칼에, 베여
도, 아프지도, 않고, 죽어도, 다시, 살아나는, 그렇지만, 조
금은, 짜증이, 나기도, 하고, 지루하기도, 한, 여러, 아바타
가, 되겠습니다, 점수가, 조각, 조각, 쌓여 가고, 아바타들이,
조각, 조각, 업그레이드, 되고, 나는, 막강의, 최강의, 여러,
나들을, 만나겠습니다, 여러, 나들이, 조각, 조각, 쌓여 갑니
다,

　엘지 싸이언 초콜릿폰(by 서)에서, 전화(by 양)가 옵니다,
집(by 박)으로 돌아가는 길, 잘 끼워 맞춰진 내가, 가로등의
數만큼 잘려지고 찢겨지고 있습니다, 잘려지고 찢겨져도,
죽지도 않고 아프지도 않습니다, 나는 가로등의 數만큼 늘
어나는, 내 아바타들을 바라봅니다, 조각조각 잘 끼워 맞
춰진 보도블록 위에, 어둠, 어둠으로 붙이고 갑니다, 이 길
이 너무 재밌습니다, 불빛 하나에 나 둘, 불빛 둘에 나 셋,
불빛 셋에 나 넷, 불빛의 數보다 늘 하나가 더 많은 나는,
흑인 아바타를 만들어 내는 행복한 흑인 아바타 기계인가
봅니다, 붉은 벽돌담이 담쟁이덩굴을 벽에 붙이고 있는 길
을 따라, 나도 흑인 아바타들을 조각 퍼즐 같은 보도블록

위에 붙이면서 갑니다, 덕지덕지, 너덜너덜한, 흑인 아바타들이 바람을 타며 나와 함께, 집(by 박)으로 돌아가고 있습니다,

  컨버스 캔버스화(by 민)를 벗고 놈 크로스백(by 최)을 책상(by 한) 위에 놓고 도크 06 챙모자(by 배)를 벗어 걸고 스와치 가죽 시계(by 윤)를 풀고 엔진 스니커즈 양말(by 조)을 벗어 빨래통(by 장)에 던져 넣고 아이찜 군용 허리띠(by 홍)를 풀고 페레진 7부 바지(by 이)를 벗고 란찌 반팔 셔츠(by 김)를 벗고 제임스딘 드로즈 팬티(by 정)를 벗고 알몸이 되어 잘 맞춰진 조각 퍼즐 같은 이마트 자연주의 지오 인견 피그먼트 패드(by 송) 위에 몸을 뉘고 삼정 인버터 스탠드(by 구)를 끄고 레노마 뿔테 안경(by 안)을 벗어 셀프 가죽 성경(by 하) 위에 놓고 그제야 알몸의 흑인 아바타 하나가 어둠에 달라붙어 잠을 잡니다. 色色으로 잘려지고 찢겨지는 꿈입니다. 色色으로 붙여지고 매달리는 나입니다.

거울 1/2

거울이 가슴에 칼을 품었다

금이 내 목을 잘랐다

목 잘린 내가 머리 따로 몸 따로 세상을 떠돈다

발자국에는 진혼곡이 흐르고 머리에는 검은 향들이 자란다

연기다

배우자는 배우였다

아내로 인해 수많은 여자들과 잠을 자야 했다

미안했다

배역에 따라 동물과도 자야 했고 식물과도 자야 했다

이건 아닌데 싶었지만 어쩔 수 없었다

아내의 연기는 점점 물이 올랐고 나는 점점 더 죄의식에
사로잡혔다

죽고 싶었다

아내는 넘쳐 났고 죽은 나는 점점 불어났다

죽이고 싶었다

거울이 붉은 피를 흘리며 나를 지워 간다

나를 잃은 웃음이 붉은 거울 밖을 떠돈다

달맞이꽃((2012))

— 2002·봄·『미네르바』에 핀 「달맞이꽃」을 기념함

아내가 조금 늦는다. 휠체어에 앉아 창밖을 바라본다. 먹구름이 낮게 깔린 저녁, 달((들))이 뵈지 않는다. 아내와 나란히 걸었던 그 둑길이 달((들))처럼 떠오른다. 달맞이꽃 흐드러지게 피었던…

… 돌아오던 길이었다. 내 가슴은 달맞이꽃으로 노랗게 물들어 있었다. 핸들을 잡은 손이 가볍게 바람을 탔다. 파란불이 노란불로 바뀐 줄도 모르고, 달맞이꽃인 양, 달맞이꽃인 양…

… 아내가 오지 않는다. 휠체어에 앉아 창밖을 내다본다. 저녁 8시와 9시 사이, 어김없이 어둠을 끌어안고 돌아오던…

… 아내가 돌아오면 다물었던 입술이 달싹거린다. 입술 사이로 말들이 망울을 터뜨린다. 달덩이 같은 아내의 얼굴((들))을 바라보며…

… 현관문 열리는 소리, 지금 창밖에는 노란 달((들))

이 먹구름 사이로 얼굴을 삐죽((삐죽)) 내밀고 있다. 아내의 부드러운 음성이 내 귓가에 달빛처럼 내려앉는다. 달빛((들))처럼.

이제 나무

아버지의 몸이 땅에 묻혔으니
이제 땅속에 뿌리를 두었다

돌아눕는 밤

왼쪽에 있던 西窓이 오른쪽으로
옮겨 와
이제, 窓이 없다

나는, 바닥이다

바닥으로 가라앉는 꿈을 꾼다

아버지의 부인과 나란히 누웠다
몸뿐인 나

나는아버지의부인의열매로뿌리로돌아가줄기로가지로자
폐아의꿈을꾼다

나

무

나무가침대에서일어나밥을짓고설거지를하고
나무가잎사귀에갇혀계획적으로책을읽고글을쓰고

알까?
나는할줄아는게허공에낙서를하고약을먹는것뿐이었다
는걸
50환의꿈들이낙엽을나비로만들었다는걸
어둠을노랑으로물들이며날아올랐다는걸

바닥 가득
물이 차올라

사
막

잎사귀에갇힌나무가푸름을욕망과투쟁이라읽을때
나는완전히졌다썼다섰다

산성비를 맞는 앵무새

—— 타자 연습, 놀이

분지, 창, 열다, 바다
분지, 창, 열다, 바다

맑은하늘, 비, 내린다, 산성비
맑은하늘, 비, 내린다, 산성비

방울방울, 글자들, 강산성, 바다, 숲, 땅, 죽인다,
방울방울, 글자들, 강산성, 바다, 숲, 땅, 주긴다,

돌연변이, 앵무새, 죽기살기, 산성비, 뱉어낸다, 수소이온,
농도지수, 빠르게, 떨어진다,
돌연변이, 앵무새, 죽기살기, 산성비, 뱉어내다, 수소이온,
노동지수, 바르게, 떨어진다,

열손가락, 부리, 버벅댄다, 깃털, 하나둘, 빠져간다, 차츰
차츰, 퐁당퐁당, 풍덩풍덩, 와르르, 정신없다,
열손가락, 뿌리, 버벅대다, 깃털, 하나둘, 빠져간다, 차즘
차즘, 퐁당퐁당, 풍뎡풍뎡, 와르,

정신없,

어머니는 어머, 아버지는 아, 바다는 바닥, 숲은 수프, 땅은 따앙, 돌연변이는 돌변연이, 앵무새는 앵무색, 즐겁다는 즐, 나무는 남무, 슬프다는 술푸다, 깃털이 몽땅 빠져 버린 나는 말을 잃은 앵무새. 산성비의 세상에 적응하지 못하고 어눌하게 되풀이되는 메아리. 분지에서도 바다를 볼 수 있던 창을 닫으면 죽은 바닥, 죽은 수프, 죽은 따앙, 그리고 깃털이 몽땅 빠져 죽어 버린 앵무색. 그 앵무색의 어눌한 마지막 말 한 마디, 산성비는 즐!

암탉 세 마리를 위한 변주

자형은 알을 깨고 나오는 병아리가 보고 싶어 인터넷으로 전기부화기를 샀다. 그날 이후 전기부화기는 암탉이 되어 E-마트産 유정란을 품었다.

20100101~ 전기부화기는 병아리 네 마리를 낳았다. 누나네 아파트는 네 마리 병아리로 인해 한 달 동안 닭장이되었다.

20100201~ 누나는 단독이라는 이유로 닭장을 우리 집으로 가지고 왔다. 생명이 무서운 나는 병아리를 무서워했다. 병아리는 어머니의 사랑을 듬뿍 받으며 중병아리가되었고 중병아리는 공교롭게도 모두 암탉이 되었다. 생명이 무서운 나는 시간이 지날수록 두려움이 커져갔다.

20100430~ 네 마리의 암탉들이 우리 집産 무정란을 낳기 시작했다. 마당에 닭장이 있음에도 불구하고 우리 집은 실내까지 닭장으로 변해 갔다. 원적외선 전기렌지가 암탉이 되어 무정란을 품었다. 무정란들은 원적외선 전기렌지에 의해 삶은 계란, 계란 찜, 계란 프라이 등으로 매일 태

어났다. 나는 암탉들의 눈치를 보며 생명 아닌 그것들을 먹는다. 끼니마다 암탉들의 눈치가 더 무서워지는 나는 시간이 지날수록 계란들을 피해 밥을 먹는다. 밥상에서 자꾸 암탉들의 울음소리가 들려온다.

20100724~ 한 마리의 암탉이 더위를 이기지 못하고 죽었다. 주검이 무서운 어머니는 주검을 치우지 못하고 남은 세 마리 암탉들의 죽음을 미리 두려워한다. 시골에서 자란 뒷집 아주머니가 와서 주검을 검은 비닐에 담는다. 종량제 비닐에 한 번 더 담아 대문 앞에 내어놓는다(혹자는 틀렸단다, 닭의 주검은 음식물 쓰레기통에 담아야 한단다)((혹자는 틀렸단다, 반려동물의 주검은 땅에 묻어 주어야 한단다)). 어머니는 두려움을 미리 지우기 위해 세 마리의 암탉들을 잡아 달라고 뒷집 아주머니께 부탁한다. 암탉 세 마리가 칼 가는 소리를 내며 내 귀를 쪼아 댄다. 깃털이 빠지도록 달려와서 내 머리를 마구 쪼아 댄다. 머리가 사라지는 내 몸에 자꾸 닭살이 돋아나고 내 몸속에는 노란 알들이 주렁주렁 매달린다. 생명이 무서운 나는 내 몸속에 노랗게 매달리는 알들로 인해 하늘마저 노랗게 물들인다.

20100725~ 나는 비닐들이 품은 암탉으로 인해 쉬이 대문 밖을 나서지 못한다. 철거된 닭장 자리에는 아직 암탉 네 마리가 모여 모이를 쪼고 있었고 마당 수돗가에는 암탉 세 마리가 칼 가는 소리를 내며 내 등골을 쪼아 대고 있었다. 대문 앞에서는 알 낳은 암탉의 울음소리가 이중 비닐을 찢으며 새어 나오고 있었다.

20100726~ 냉장고가 암탉이 되어 생닭들을 품었다. 위생 비닐 껍질을 깨고 냉동 닭 두 마리가 원적외선 전기 렌지에 의해 삼계탕으로 태어났다. 삼계탕을 즐기던 자형이 오늘은 삼계탕을 피한다. 누나는 감사 기도를 드리고 맛있게 먹는다. 어머니는 사랑을 가슴에 묻어 두고 애써 드신다. 나는 여전히 들려오는 울음소리 때문에 잠시 채식주의자가 된다. 형과 형수는 비린 맛이 하나도 없다며 집에 갈 때 남은 한 마리를 마저 가져가야겠다고 한다.

~ 검은 비닐에 담겨 위생 비닐 껍질의 냉동 닭 한 마리가 형네 아파트로 갔다. 암탉들이 모두 치워졌다는 이유로 용기를 내어 대문 밖을 나서 본다. 치워진 자리에서 자꾸

암탉들의 울음소리가 들려온다. 그때마다 형상들이 자꾸 변형되고 변질되어 다가온다. 가로등에 익숙했던 밤길이 오늘따라 들끓고 있다. 알전구들이 암탉의 울음소리를 내며 자꾸 나를 쪼아 대고 있다. 나를 깨고 나오는 내 그림자들이 오늘따라 자꾸 무섭다. 불빛에 썰리고 불빛에 구이며 새까맣게 탄 내 그림자가 생명을 낳지 못하는 무정란이 되어 바닥에 검게 눌어붙는다. 오늘따라 그림자를 낳는 내가 자꾸 무섭다.

고양이와 음식물 쓰레기통에 의한 콜라주

어느 밤, 고양이 한 마리가 음식물 쓰레기통에 다가갑니다. 나는 고양이 한 마리 자리에 나비 한 마리를 붙여 봅니다. 그러자 음식물 쓰레기통은 꽃이 되었고 어느 밤은 빛이 강한 봄이나 여름의 낮이 되었습니다. 그러자 골목은 꽃밭이 되었고 전봇대와 주차된 자동차들은 나무와 꽃이 되었습니다.

꽃밭, 나비 한 마리가 꽃에 앉았습니다. 나는 나비 한 마리 자리에 나비넥타이를 붙여 봅니다. 그러자 꽃은 하얀 웨딩드레스를 입었고 여러 꽃들은 정장과 한복을 입었습니다. 몇몇 꽃들은 꽃술을 터뜨리는 폭죽이 되었고 폭죽은 나비넥타이와 웨딩드레스를 환호하는 몇몇 친구가 되었습니다. 나는 그중 한 친구에게 사람의 눈·코·입을 가진 마른오징어 한 마리를 붙여 봅니다. 그러자 꽃밭은 다시 어두운 골목이 되었고 그 친구는 함지기가 되었습니다. 그러자 그 친구 주위로 몇몇 친구들이 함을 지키기 위해 착착 달라붙었습니다.

그날 밤, 친구들은 맥주잔에 양주잔을 붙였습니다. 총각 딱지를 붙이고 있던 친구 몇몇은 총각 딱지를 떼어 냈습니다. 나는 총각 딱지를 떼어 낸 한 자리에 나비넥타이를 붙여 봅니다. 그러자 나비넥타이는 목이 답답한 듯 넥타이를 떼어 내고 나비가 되었습니다. 나비는 밤이라서 나방이 되었습니다. 낮에도 활동함으로 불나방이 되었습니다. 불나방 한 마리가 제 몸을 기꺼이 사르며 불 속으로 뛰어듭니다.

그날 밤, 고양이 한 마리가 생선 대가리를 물고 주차된 자동차 밑으로 들어갔습니다. 나는 나비야 하고 불러 봅니다. 그러자 나비 한 마리가 생선 대가리를 물어뜯고 있습니다. 사실은 나비 한 마리가 부위에 상관없는 어둠을 물어뜯고 있습니다. 물어뜯으면 뜯을수록 나비 한 마리가 더 깊은 어둠 속으로 사라집니다. 나는 주차된 자동차 밑으로 몸을 낮추어 나비야 하고 다시 불러 봅니다. 그러자 어둠 한 마리가 적막을 흔들며 화들짝 달아납니다. 그러자 소리 한 마리가 담을 타고 어느 집으로 내려앉습니다. 나는 음식물 쓰레기통의 뚜껑을 닫고 나보다 먼저 내려앉은 소리 한 마리의 뒤를 따라 그 집의 대문을 열고 안으로 들어갑니다. 음식물 쓰레기통의 뚜껑은 잘 닫았습니다.

쥐덫에 걸린 아담

닭장 때문인지 벌통 때문인지 갑자기 쥐들이 늘어났다. 쥐들은 제 세상이라도 얻은 듯 여기저기를 들쑤시며 곡식과 죽은 벌들이 풍성한 마당을 쏘다녔다. 사각사각 조물주를 찬양이라도 하듯.

꼴사납다. 쥐들을 낳은 그 어미도, 그 어미를 낳은 그 어미들도, 그 어미들의 그 어미를 지은 조물주도.

쥐들이 지나가는 길목에 덫을 놓았다. 검은 스프링 제단에 마른 멸치 몇 마리를 제물로 꼭 끼워 고통과 죽음을 번식시킨다.

쥐 1호, 2호, 3호, 짧은 고통과 편안한 죽음으로 인도한다. 검은 비닐에 넣고 하얀 종량제 비닐에 또 집어넣는다.

쥐 4호, 찍찍댄다. 긴 고통과 먼 죽음, 뒷다리들을 짓누르는 덫의 무게에 찬양마저 멀어진 듯.

손에 피를 묻히기 싫어, 찢어지는 비명이 듣기 싫어, 쥐덫 채로 파묻는다. 쥐 네 마리를 잡은 개운한 하루다. 고요한 밤이다.

날이 밝았다. 마당에 나가 신선한 공기를 들이킨다. 찍찍댄다. 얼굴만 내민 쥐 4호, 힘없이 찍찍댄다. 살려 달라는지, 그만 죽여 달라는지, 유언이라도 하듯 찍찍댄다.

가까이에서 본다. 얼굴만 보니 생각보단 귀엽다. 먹이를 준다. 아담이란 이름도 지어 준다. 고맙다는 건지, 잔인하다는 건지, 조금 더 힘을 내어 찍찍댄다.

다른 쥐덫을 또 놓는다. 죽으면 비닐봉지로 인도하고 살아있으면 아담 주위에 쥐덫 채로 파묻어 나란히 먹이를 준다. 철컥철컥 생과 사가 늘어난다. 잔인하다는 건지, 고맙다는 건지, 조금 더 힘을 내어 찍찍댄다.

죽지 않을 만큼의 양식을 준다. 시간이 지날수록 먹이를 주는 나를 찬양이라도 하듯 사각, 사각대는 소리들이 조물주를 지워 간다.

치킨게임·1·2·3

((1…患))

암탉이계란을하나낳고부터‖나도하나의계란을낳으려고끙끙댔다
계란이하나의텍스트를낳고부터‖수탉도암탉의울음을울며계란을낳기시작했다

수탉이계란을낳고부터‖노란병아리도닭살의생닭도계란을낳고있다‖계란프라이도통닭도조각치킨의조각들도계란을낳고‖심지어닭똥집도하물며계란도계란을낳고있다

나무들도꽃과열매대신계란을낳고‖사람들도여아와남아대신계란을낳고‖자판기들도음료와커피대신계란을낳고‖내운동화도발자국대신계란을낳고

전속력으로날아드는저계란들이나는너무무섭다‖나는나도모르게머리를오른쪽으로휙돌린다
왼쪽이죽고오른쪽만겨우살아남은내가‖계란을낳지못하는한마리닭이되어닭장안에홀로있다

복날이그리멀지않다

((2…傷))

　암탉한마리가완벽한자아상을하나낳았다‖암탉을깨고나온완벽한자아상이매일불안을낳기시작했다‖완벽한자아상이불안을하나씩낳을때마다암탉의깃털도하나씩빠졌다‖불안을낳는속도가점점빨라졌다‖깃털이빠지는속도가점점빨라졌다‖겨울이왔다·암탉이닭살을반쯤드러낸채떨고있다‖여름이왔다·깃털이없는닭살이볕에잘익고있다‖완벽한자아상이암탉의닭살을쪼아대고있다‖완벽한자아상이닭살의피를훔치고있다‖봄이왔다·암탉이군데군데뼈를드러낸채떨고있다‖가을이왔다·암탉이여기저기뼛조각으로나뒹굴고있다‖완벽한자아상이·닭살이겨우붙어있는뼛조각들을오독오독씹고있다‖암탉이·여기저기뼛조각으로흩어져오독오독소리를내고있다

((3···痛))

자동차가나를품고있다‖나는고속질주를품고있다···오늘처럼달아나고싶은날이면나는액셀러레이터를힘껏밟는다···오늘처럼부서지고싶은날이면나는핸들을절대꺾지않는다···달이우울을낳았다···우울이태양을낳았다···먹구름도없이젖어가는세상이난시의두눈을낳았다···난시의두눈이바람도없이떨고있는풍경들을낳았다

속도가속도를낳는다‖풍경이풍경을낳는다···제살이제살을찢으며제살을낳는다
속도가풍경을낳는다‖풍경이속도를낳는다···서로가서로의살을찢으며서로가서로의살을낳는다

속도와풍경이비명을지르며전속력으로달려온다‖나도비명을지르기위해우울과불안을더힘껏밟는다···쾅·소리가멈추는소리···쾅·우울과불안이멈추는소리···쾅·난시의두눈이난시의세상을닫는소리···쾅쾅쾅·음성변조된수탉이목을길게늘이며새벽을알리고있다‖웅웅웅·음성거세된핸드폰이온몸을뒤

흔들며내꿈을꺾고있다…두눈이난시의세상을낳는다…난시
의세상이교정안경알을낳는다

난시안경알에갇힌수탉한마리가꺾인꿈을다시품고있다
핸들과브레이크가없는자동차가나올때까지끙끙댄다

!⋯에덴 만들기

한동안 와우(World Of Warcaft)에 폭 빠져 살면서 10가지 직업을 다 해 봤어. 굳이 나열해 보자면 전사, 성기사, 죽음의 기사, 사냥꾼, 주술사, 드루이드, 도적, 마법사, 흑마법사, 사제지. 그래, 나는 직업에 따른 수많은 스킬들을 배웠고 더 강해졌어. 참 거기에는 전문 기술과 보조 기술을 가르쳐 주는 기술의 대가들도 참 많아. 참고로 얘기하자면 전문 기술에는 채광, 무두질, 약초 채집, 대장 기술, 기계공학, 보석 세공, 가죽 세공, 연금술, 재봉술, 마법 부여, 주문 각인이 있고 보조 기술에는 요리, 낚시, 응급치료가 있지. 물론 다 배웠지. 왜 배웠냐고?

!⋯퀘스트가 떴다. 나는 대륙에 흩어져 있는 기술의 대가들을 불러 모은다. 이 세상에도 없고 저 세상에도 없는 에덴을 다시 만들어야 한다고. 기술의 대가들은 에덴에 관한 정보가 부족하다고 에덴으로 가서 정보를 좀 빼오라고 한다. 나는 차원의 문을 통해 과거로, 대과거로 순간 이동한다. 순간 이동이 되지 않는 곳은 공포마를 타고 달려가고 달려갈 수없는 곳은 빠른 폭풍 까마귀로 변신해서 날아가고 날아갈 수 없는 곳은 배를 타고 이동한다. 머리 위에

물음표나 느낌표가 떠 있는 동물들이나 식물들을 만나면 에덴에 관한 정보가 있는지 말을 걸어 보고 그 정보들을 따라 나아간다. 날쌘 안개 호랑이를 소환해 타고 달려간다. 저기 멀리 가죽옷을 입은 두 사람이 보인다.

은신을 한다. 나는 지금 그 두 사람을 지나 에덴 동편에 서 있다. 나는 속임수의 대가이기에 은신 상태에서 들킬 확률이 적다. 조심조심 들어간다. 두루 도는 화염검과 그룹들을 피해 동산 중앙에 있는 생명나무에 이른다. 그 열매(몸을영생시키는아이템입니다)를 하나 따서 여행자용 배낭에 집어넣는다. 은신이 풀리자 나를 발견한 그룹들이 달려온다. 나는 소멸 스킬로 그룹들의 시야에서 사라져 다시 은신 상태를 취한다. 그룹들은 다시 제자리로 돌아간다. 조심조심 움직인다. 생명나무 옆에 있는 선악을 알게 하는 나무의 열매(영의생기를소멸시키는아이템입니다)도 하나 따서 여행자용 배낭에 집어넣는다. 은신이 다시 풀린다. 하지만 두루 도는 화염검과 그룹들은 사정거리 밖에 있다. 귀환석으로 귀환을 하려다 순간 멈칫한다. 아담의 코로 불어넣은 하나님의 생기가 필요하다. 다시 은신을 한다. 훔치기

스킬로 하나님의 생기를 훔쳐 낸다. 굳이 사족을 달자면 내 보조 문양에는 훔치기의 문양(훔치기의사정거리를5미터 증가시킵니다)이 각인되어 있다. 은신 상태 그대로 전력 질주한다. 안전한 곳으로 이동해 귀환석을 꺼낸다. 귀환한다.

내 작업실에는 기술의 대가들이 분주히 움직이고 있다. 연금술의 대가는 내가 가져온 2개의 열매와 하나님의 생기의 성분을 분석하고 기계공학의 대가는 생기를 불어넣을 기구를 만든다. 응급치료의 대가는 만약의 사태를 대비해 해독제와 붕대를 준비하고 재봉술의 대가는 묵묵히 내 수의를 짠다. 나는 침대에 가만히 누워 에덴을 떠올리고 있다. 연금술의 대가가 내 혈관에 주사를 놓는다. 내 피에 뒤섞여 있던 선악을 알게 하는 나무의 열매와 같은 성분들이 사라진다. 기계공학의 대가가 다가와 기구를 작동시킨다. 내 코로 하나님의 생기가 들어온다. 생기가 내 몸에 빛을 내기 시작한다. 사제의 스킬인 신의 권능:보호막 같은 빛이, 벌거벗어도 부끄럽지 않을 만큼의 그런 빛이.

빛을 머금고 산책을 한다. 나를 통해, 빛을 통해 하나님의 생기가 번져 간다. 땅에 번져 가고 식물들에게 번져 가고 동물들에게 번져 간다. 이상하다. 몇 날을 굶었는데도 배가 고프지 않고 겨울인데도 춥지가 않다. 벚나무 길에는 벚꽃들이 피어 있고 은행나무 길에는 은행잎들이 노랗게 물들어 있다. 이상하다. 나무들이 말을 하고 나뭇가지에 앉은 새들도 내가 알아들을 수 있는 노래를 부른다. 고양이가 풀을 뜯고 풀은 또 금세 풀을 낸다. 이상하다. 땅은 흙으로 돌아간 모든 형상들을 되돌리고 그 형상들은 생기를 머금고 빛을 머금고 다시 깨어난다. 집들은 더 이상 소용이 없어 사라지고 동네는 점점 동산으로 변해 간다. 이상하다. 에덴 동편에 가죽옷을 입고 있던 두 사람이 벌거벗었지만 부끄럽지 않을 만큼의 빛을 머금은 채 다가와 자기들을 소개한다. 아담과 하와와 친구가 된 나는 퀘스트를 그렇게 완료하고 귀환석을 다시 꺼낸다. 재사용 대기시간이 조금 남아서 지금 당장 사용할 수가 없다. 나는 날쌘 안개 호랑이를 소환해 타고 에덴으로 변해 버린 동네를 돌아다녀 본다. 이제 뭘 해야 하지?

!…퀘스트가 떴다.

데칼코마니∥逆데칼코마니

도화지 왼쪽에 에덴동산을 짜서 문지른다. 선악을 알게 하는 나무를 짜서 문지르고 하와와 뱀도 짜서 문지른다. 반으로 접어 꾹꾹 눌러 준다. 도화지 오른쪽에 갈보리언덕이 찍힌다. 나무 십자가가 찍히고 구원받을 강도와 구원받지 못할 강도도 찍힌다.

도화지 왼쪽에서 선악을 알게 하는 나무의 열매를 떨어뜨려 하와의 입에 넣어 준다. 열매는 하와의 몸속에서 피가 되어 잘 흐르게 그린다. 도화지 오른쪽에서 예수를 나무 십자가에 매달아 손과 발에 못 세 개를 박아 준다. 허리에는 피가 잘 흐르도록 굵은 창(槍) 자국을 하나 그려 준다. 하와의 몸속에서 흐르는 피와 같은 성분으로 흘러내리게 그린다.

반으로 접는다.

접힌 도화지 속에서 예수는 열매를 흘리고 있다. 구원받을 강도와 하와는 그 열매를 주워 나무 십자가에 매달고 있다. 나무 십자가는 선악을 알게 하는 나무의 잎사귀들을

내며 광합성을 하기 시작한다. 뱀은 구원받지 못할 강도만
친친 감아 땅속으로 기어들어 가 죽음보다 더 아픈 잠을
잔다.

　나는 접힌 도화지를 마음 깊숙이 밀어 넣는다. 양쪽 날
개의 무늬가 다른 나비 한 마리가 선악을 알게 하는 나무
의 열매가 다시 매달려 있는 나무 십자가에 살며시 내려앉
는다. 나는 에덴언덕―갈보리동산에 누워 한 마리 어린양
이 된다. 젖과 꿀이 다시 흐르는 땅이다.

4부

텔레비전에·여정·나왔으면·정말…
— 케이블TV‖통합리모컨·00

‖어머니가리모컨을누르면·나는·화면가득설거지를하고…어머니가채널을바꾸면·나는·화면가득빨래를탈탈털어널고…어머니가리모컨을누르면·나는·누군가다시누를때까지화면가득·어둡다…누나가리모컨을누르면·나는·홈플러스를갔다오고…누나가채널을바꾸면·나는·환불하러홈플러스를다시갔다오고…누나가6살짜리아들·조카에게리모컨을넘기면·나는·누를때마다진화하는포켓몬스터다…조카가채널을바꾸면·나는·못말리는짱구다…조카가채널을바꾸면·나는·파워레인저의엔진블랙이다…누나가리모컨을빼앗아다시누르면·나는·화면가득조카의색칠공부다…내가리모컨을누르면·나는·화면가득구석에웅크리고…내가채널을바꾸면·나는·늘혼자외롭고가슴아리고…내가리모컨을누르면·나는·누군가가다시누를때까지화면가득·꺼진다‖

어머니의·짐
── 케이블TV∥드라마채널 · 41

∥칠순의어머니·또·무거운짐을·양손에들고가신다…스쿠알
렌과알콕시두박스·어머니의양팔을늘어뜨린다…조금씩멀어
지는어머니·아들은자신을위해·한팔이없는옷과두개의손
가락이없는장갑을끼고·굳은표정으로·그·뒷모습을바라본
다…어머니와아들사이·빛이많아지면많아질수록·어머니의
몸에서자꾸팔이자란다…칠순의양팔보다·더·탄력있는팔들
이·세개·네개…늘어난다… 그·손에는·신앙촌밍크담요·신앙촌
간장·신앙촌잡화보따리…가·어머니의팔들을늘어뜨린다…
아들은자신을위해·두눈에눈물을머금는다… 그·눈물에
젖은어머니그·눈물을머금은어머니의몸에서·더·많은팔들이
자란다…새로자라난한손이·아들의한팔을들고있고·또·새로
자라난다른한손은·아들의두개의손가락을·꼭·거머쥐고있
다…아들은잠시두눈을감는다…감긴두눈으로·어머니의몸에
서칠순의양팔보다·더·탄력이없는팔들이·일곱개·여덟개…늘
어난다… 그·여러손들이힘을모아·무거운아들을들어보려고
애를쓴다…아들은·그·여러손들을위해·자기의몸을·여
러조각으로조각조각내본다…두눈을뜨자그·눈물에젖은어
머니·더·작아지고·더·옅어진다…빛이너무많아·그리고…코너
다∥

아버지의·그림자
— 케이블TV∥드라마채널 · 42

∥아들은·아버지의검은코트를들고·수선집을간다… 그·코트
는·어머니가혼수로해오신·낙타털고급코트다…아들은·소매
가짧은그·코트를가지고·소매를낼수있는만큼내어달라고·수
선을맡긴다…아들은·아버지를입고어머니와나란히걸어
본다…다정한신랑이라도된듯·어머니의어깨에살며시팔
을얹어본다…어머니도·아버지의그림자에기대어·30년
은·더·젊어보이신다…무거운짐을나누어지고가는그림
자가·10년·차·부부라기엔·거짓말처럼다정해보인다…
아들은·아버지의검은코트를찾으러·수선집을간다…일감이
너무밀려·수선집사장님이약속날짜를미룬다…아버지의그림
자가·며칠·연기된다…아버지를입지못한아들이·얼어붙은골
목을호호불며빠른걸음친다…그림자를길게늘어뜨린어머니
가그림자만큼무거워진짐을들고·코너를돌아간다…아들은·
걸음을멈추고그·뒷모습을바라보다가·다시·빠른걸음친다…
얼어붙은코너가·어머니를빠르게지운다…아들은·아버지가
없는아버지의집으로·다시·들어간다…아들은·아버지를입
고·목을길게늘이며·어머니를기다려본다…골목끝으로·
어머니의그림자가코너를돌고·아버지의그림자는·몇년만
에다시보는사람처럼·빠른걸음친다…무거운짐을양손에

나눠·든·팔길이가서로다른·커다란그림자하나가·얼어
붙은골목을녹이며다정스레걸어온다…밤이다…아들은·
내일·자기의그림자가사라지는·그·약속시간에맞춰·아
버지의검은코트를찾으러·다시·수선집을찾는다…아버
지의검은코트를입는…아들의꿈이그·약속시간을조금당기
고있다‖

T끼리
── 케이블TV‖홈쇼핑채널·04

‖T끼리는·허공을살아가는무리동물이다…T끼리는·코끼
리의코처럼긴·입과…토끼의귀처럼·긴·귀를가지고있다…T
끼리는·꼬리에꼬리를물고·돌고도는네버엔딩스토리처럼·긴·
입에·긴·귀를·물고·끝이없는허공의길을돌고돈다…한없이길
어졌다짧아졌다하는속성을가진T끼리의입과귀는·뭉치면
뭉칠수록작아지는몸통을가지고있다…T끼리는·다른·동물
들에비해많이먹어도살이덜찌는체질로태어나서·다자녀가정
에주어지는각종혜택처럼·T끼리도각종혜택을받으며자라난
다…T끼리는·가족을떠나혼자서는살수없는무리공동체동
물이다…있을수없는일이지만·행여…혼자남은T끼리가있다
면… 그T끼리는·T끼리T끼리울며·죽은가족들을그리워하다
못해·이내…스스로죽은가족들의뒤를따를것이다…허공에T
끼리몇마리날아간다‖

검은·낙타
── 케이블TV‖드라마채널·43

‖한번도아버지의길을걸어보지못한아들이·아버지의검은
낙타코트를입고아버지의길을걸어본다…어머니의집에는·
아버지의그림자를늘어뜨리는검은낙타한마리가있다…검은
낙타는·꽃피는봄과푸르른여름과풍성한가을동안·가족들
을위해죽은듯이계절잠을자고…늦가을·또는·초겨울이되어
서야·겨우·자기를위해눈을뜨는겨울동물이다…검은낙타는·
다른낙타와다르게·사막을살진않는다·오히려·사막을온몸에
담고·추운도시를산다…약해진뼈로시린바람을맞으며뒹구는
낙엽을밟으면·가지에매달려있던열매와잎새와꽃들이·계절·
저편과이편에서·서걱서걱·부서지는소리를낸다…그·소리에
매달려·빈·가지를홀로걸어가는검은낙타는…늘·그·끝에서·
위태롭다…검은낙타의등속에는·다른낙타와다르게·지방대
신가족들의이름으로된몇개의통장과·사립학교연금관리공단
의연금고지서가들어있다… 그래서·뼈마디·마디가·사랑으로·
더·시린·검은낙타는·스스로·더·추운곳을찾아·떠도는날들을
살아간다… 그러다가·겨울의끝에서마지막눈을감는날…검
은낙타는·가족들과의추억을반추하며·다른낙타들처럼·자기
의몸이음료와고기와옷이되어·가족들에게돌아가기를기도한
다… 그·기도가멈추는날…검은낙타는시린뼈를버리고·꽃피

는봄과푸르른여름과풍성한가을로·먼·길을떠난다…아버지
를입고먹고마시는아들이…난생처음·아버지의겨울·을나며…
다른계절로·먼·길떠난아버지를그리워한다…난생처음…아버
지의·깃을·세워본다‖

스페·어·타이·어
— 케이블TV‖홈드라마(광고)채널·37

‖그래·난너의스페어타이어지…난·너의트렁크에숨어있거나·
늘·네뒤꽁무니에매달려있는듯없는듯살아가지…그래·그게내
운명이지…나는·너와함께달리는길을생각하곤했어…너와나
란히앉아·너와나를닮은아기둘을데리고달려가는4륜구동의
길을…하지만·넌언제나네길과는상관없이·날취급했지…무슨
불협화음이있을때에나·먼길을떠나기전에나·잠깐잠깐내존재
를확인했지… 그래·난너와상관없는길을걸어야했어…두번의
낙태그리고·불임의나날들이야…네게·난·한편의홈드라마사
이에·낀·시선을끌지못하는광고·중·하나일뿐이지…빠르게·채
널이돌아가는순간이겠지…타이어를어깨에짊어지고뛰어가
는사내가보이지않니…타이어를줄에매달고트랙을돌고도는
사내들이보이지않니… 그래·넌… 보던홈드라마를계속봐야겠
지·그럼·난…대체·뭐니…난·네아내가친정가고없을때너를스
쳐가는마스터베이션이거나·네은밀한곳깊숙이꼭꼭숨겨둔성
인용품·중·하나일뿐인거니… 그것도·아니면…예고도없이불
쑥찾아든축축한기분의몽정과같은거니… 그래·우린·늘·다른
생각으로살아가지…넌·내광고가빨리끝나기를바라고…난·네
홈드라마가하루빨리끝나기를바라지…하지만·한번쯤·생각해
봐…네가소파에기대어편안히홈드라마를볼수있는것도·다·

네가힘들때마다해줬던내뒷바라지였음을…뭐·모르겠다고…
시끄럽다고… 그래·그럼난이제그만꺼져줄께·그럼보던홈드라
마나계속봐…‖

히·스·테·리
— 케이블TV‖메디컬채널·66

‖**외롭다**…외풍이심한방·따뜻한체온한점그립다…이불을폭
덮어쓰고·둘둘만다…어머니·사랑합니다…어머니는·나를마
지막으로자궁을들어내셨다…나는·어머니를마지막으로사
랑을접었다…유난히바람이많고많은·날이다…이불을더세게
둘둘만다…나는한번도사람답게살지못했다…고치를짓는한
마리누에처럼·자궁을떠도는한마리정충처럼·늘·미완의길을
헤매었다…무서웠다…진공토런기에서잘이겨진시간과·돌아
가는물레의어지럼증과·가마의불구덩이를·지나·마침내완성
되었을때·내가어떤그릇이되어…어느도공의손에의해·산산
조각부서져야할그완성도…운나쁘게살아남아·일상의반복을
담아내며씻기고더럽혀져·이가나가거나깨어져·마침내·버려져
야할그완성도…나는·무서웠다…어머니·저는·들어낸·당신의
자궁속을·떠도는…떠도는자궁속을·영원히헤매는·한마리정
충입니다…이불을둘둘만이곳은·외풍이심한미완의자궁입니
다…꿈을꾼다·둘둘만이불은고치가되고…나는그것을뚫고허
공을날아오르는나방이되고…나방은커다란꽃을향해날아가
나비가되고…꽃속에·폭·내려앉은나비의양쪽날개는·성별이
다른쌍생아가되고…커다란꽃은·허공을떠도는자궁이되고…
쌍생아의깊은잠은·누에의잠이되고…누에의화려한꿈은·둘

둘만이불이되고····이불속의나는·점점·번데기가되어깨어난
다···먹기도싫고움직이기도싫고싸기도싫은·마비의날들이계
속된다··· 그래도·어머니·마비된나를품고떠도는당신은···한
없는·사랑입니·다?·한없는···‖하지만·어머니···나‖가·고·싶·
어·요···

페티·쉬
── 케이블TV‖성인채널·102

‖사람냄새가나지않는방이다…사람냄새를흉내내는디지털
TV는·총천연색앵무새일뿐·채널을바꿔가며떠들어대는반복
의반복이지겹다…아무리코를쿵쿵대며다가가봐도·아무런
냄새가나지않는다…반복을통해말을배웠다·반복을통해감
정을잃었다…꿈도·사랑도·드라마도…희망도·영화도·뮤직비
디오도…상처도·이별도·다큐멘터리도…눈물도·방황도·호러
도…뉴스도·SF도·코믹도…절망도·희생도·애니메이션도…스
포츠도·쥐도·고양이도…나비도·꽃도·연극도…노래도·사막도·
춤도…바다도·요리도·나무도…이제·아무런냄새를풍기지않는
다…얼마나많은내가·얼마나많은앵무새였던가…반복의냄새
에마비된코를위해·사람냄새가자꾸그립다…디지털TV를빠
져나온내가코를쿵쿵대며골목을간다…사람들은조금떨어져
걸어간다…코끼리의코가부럽고·길어지는피노키오의코가부
럽다… 그렇다고·지나가는사람들을붙들고·코를쿵쿵댈순없
는노릇이다…서로의생식기를쿵쿵대는저개들이부럽다…서
로의헌데를핥아주는또다른개들도·꽃에내려앉는꽃들도…부
럽다…행인1에달라붙어코를쿵쿵대는·저어둠도…행인2에달
라붙어코를쿵쿵대는저스타킹도…행인3의스커트속·살짝모
습을드러내며코를쿵쿵대는저꽃무늬팬티도…벨이울릴때마

다코를쿵쿵대며·얼굴가까이다가가는저핸드폰들도…눈과귀를모두막아버리면·코가더예민해질수있을까…생각끝으로골목이자꾸어두워져가고·행인들의냄새는점점더멀어져가고…나는·공중화장실앞에서·또·머·뭇·거·린·다…몇점의살점이달라붙은버려진스타킹과·몇점의음모가달라붙은버려진팬티가·내·성·性·聲·姓·성을바꾸고있다…공중화장실에서팬티를물고나온개한마리가·외진곳으로달려가코를쿵쿵댄다…마비된코가풀리고·나는그냄새를위생비닐지퍼백에잘밀봉한다…나는사랑앵무한마리가되어·겨우살았나…나·다시디지털TV속으로…날아…간다‖

크리스마스·트릭
— 케이블TV‖영화채널·52

‖크리스마스이브다…그가수납장에서죽은듯살아있는나무 한그루를옮겨와·거실구석에심는다…빛으로캐럴을부르던꼬 마전구들은모두·전선에얽혀어둠속으로갈길을잃어버렸다… 그는미아의울음을울었던꼬마전구들의전선들을인정사정없 이끊어버렸고·더깊은어둠속으로던져버렸다‖또·크리스마스 이브다…스피커로캐럴을부르던카세트는·아주작은전원의 램프로빨갛다…빨간캐럴이흘러내리는크리스마스트리에는· 그녀의빨간양말과빨간벙어리장갑이매달려·어느크리스마스 의손과발이되어·그의집에벨을울린다…붉은와인과붉은입술 이·하얀눈위에스며든다… 그녀의붉은속옷과붉은속살이·경 계를무너뜨리며·빨갛게스며든다…태양이다시눈을뜬어느크 리스마스다음날·그녀는눈과함께녹아버렸고·그녀가없는거실 에서카세트의램프는·살아있어도어두웠다…또·크리스마스 다…거실구석에나지막이서있는크리스마스트리는·그녀와함 께사라진그녀의빨간양말과·빨간벙어리장갑과·붉은와인과· 붉은입술을·떠올리고있다… 그러자·그것들과함께사라졌던· 산타인형과·루돌프사슴과·붉은마차가·동방의큰별하나와· 몇개의작은별들을…끌고와·크리스마스트리에매달아놓는 다…매달아놓자마자·이내사라져버리는…크리스마스다‖아

무엇도없는크리스마스트리의·늘푸른빽빽한침엽의잎들이녀
무공허하다⋯공허해진그의가슴을찔러대며붉은열매들을애
타게찾고있는이크리스마스트리는⋯그녀를위한기념식수다·
시퍼렇게굳어버린그녀의알몸이다⋯그의눈이붉게물들어간
다⋯카세트의질떨어진음질사이로·흰눈이다시내린다⋯없는
눈이쌓여가는거실에·붉은캐럴이·뚝·뚝·뚝·뚝·끊기는·소리를
내며흘러나온다⋯ 그의발·그의손·그의입술·그의내장이·크리
스마스트리에매달려·다시·어느크리스마스의그녀를·온몸으
로맞이하고있다⋯두개의눈동자가매달려·작은별처럼반짝이
는⋯ 고요한밤·거룩한밤⋯그의영혼이큰별이되어·크리스마스
트리의꼭대기에서빛으로떠오른다⋯ 그와함께·다시·핏기가도
는크리스마스트리가·붉은캐럴을따라부른다⋯붉은캐럴이·
뚝·뚝·뚝·뚝⋯흘러내린다·똑·똑·똑·똑⋯또‖늘·크리스마스
다

꼬마병정

— 케이블TV‖어린이채널·55

‖조그만방에불이꺼지면·어둠은더넓은전장···꼬마는자원입대한병정이되어·이불을참호삼아최전방으로달려간다···베개솜은가라···베개는모래를가득담은모래주머니가되어·적의총탄을막아내지···꼬마병정은모래주머니밑으로고개를숙이고·빗발치는총성을듣는다···소리가만들어내는불빛들이·어둠을어둠으로불밝히며날아다닌다···공주를구해야해···총알몇개가모래주머니위에부딪히고·모래주머니는내장을쏟듯모래를주르르쏟아낸다···전진하라···급박한소대장의목소리가들려오고·꼬마병정은가슴에달려있지않은수류탄2개를투척하고·없는소총을쏘아대기시작한다···전우들의비명소리가끊이지않고···아·**이대로끝이란말인가**···꼬마병정의탄식은·밤보다깊어만간다···전우들의이름을아무리불러봐도·어느소속어둠하나대답하지않는다···꼬마병정은소총에총검을꽂고·뛰쳐나간다···이불속은백병전중···알수없는어둠의팔·어둠의다리·어둠의목·아무렇게나잘려지고···어둠을검게물들이는피···총검의백색칼날마저·검게물들이고···공주님·공주님···아무리불러봐도·어느어둠하나대답을실어오지않는다···순간·꼬마병정의어깨깊숙이박히는총성하나··· 그리고·한쪽허벅지를관통하는총성둘··· 그리고·어둠을아무렇게나난도질

하는적들의백색칼날들…갈가리찢긴채무너져내리는꼬마병
정…어·엄마·부디·저를…이불을무덤으로삼아·이제그만눈
을감아야하나…하·하나님·부디·저·전쟁없는·나라에서…꼬
마병정의마지막말을끊으며어둠들이·전우의주제가를소리없
이부르며·전우의시체들을덮고덮고덮는다…둥그런이불위로·
두개의나뭇가지로만든어설픈나무십자가하나가·자주꾸는꿈
으로·꽂힌다…꼬마병정·제발·여기·잠들다‖

MMORPG·대한민국
— 케이블TV‖게임채널·85

‖우리는같은게임을합니다만서로의서버가다릅니다·당신은
광명서버에서나는흑암서버에서…우리는종족과직업도다릅
니다·당신은천(天)족나는마(魔)족당신은천상을수호하는사
제나는지상을파괴하는흑마법사…아·당신의이름은땅에서내
린비·아·나의이름은피로물든밭…우리는많은것이다릅니다
만우리는나름대로열심히살아갑니다…천족인당신은열심히
일을해서아이템과머니를모으고마족인나는열심히다른유저
들의등을쳐아이템과머니를모읍니다…사제인당신은오늘도방
문교사가되어방방아이들을가르치고흑마법사인나는오늘도
홀어머니의피를방방빨아대고있습니다…우리는서로서버가
다릅니다만대한민국이라는게임사이트에서종종만납니다…
당신은흑암서버의아이템시세와유저들의인심을묻기도하고
나는천족과사제에대한특징과스킬을묻기도합니다… 그리고
우리는대한민국에서제공하는천계마계각지역의지역별정보
와종족별직업별정보를얻기도합니다… 우리는서버를초월한
만남을갖기도하고때론종족을초월한사랑을하기도합니다만
서로의서버와종족을버릴순없습니다…아·당신은나에게마계
를버리고천계로올라가자고합니다만·아·나는당신에게천계
를버리고그냥마계에머물러달라고합니다…하지만우리는기

억해야합니다·천계든마계든우리는서로의서버가다르다는것
을…하지만당신은꼭새겨두어야합니다·나는다른유저들의등
을쳐살아가는흑마법사라는것을…우리는서버도종족도직업
도부활스킬도서로다릅니다만무덤속을무덤후를…나름대로
열심히‖

딜도·씨

∥내사랑·딜도씨…첫사랑이자마지막사랑인·변함없는당신…
우리는·아기를좋아하지만·우리의아기는·생각만해도서로·
끔찍해하지요… 그래서속궁합이잘맞는지도모르는우리는·
영원한사랑의동반자지요…결혼을안한다고아기가없다고우리
의사랑을의심하진말아요·어차피인생이란…생로병사의멀고
도가까운길을홀로걸어가는고행의길이니까요·그리고그길끝
에는무엇이있는지아무도모르니까요…행여당신들중몇몇이
안다고떠들어도…낙타가바늘구멍을통과하는것보다더어렵
다는그곳을당신들이통과한다는확실한보장도없으니까요…
확신한다고요?… 그래요그러면당신들은태어나서살아온게
진정행복했나요?… 저는하루가천년같고천년이하루같은날
들을조금살아봤어요… 그래요그렇게따지자면제나이는없거
나수천수만살은되었을거예요… 그렇게·수천수만해((年·日))
를없앴거나보냈을때·나를처음이자마지막으로사랑해준이가
바로여기있는딜도씨랍니다…당신들은나를사랑의대상으로
보지않았어요·그저이상한눈빛으로바라볼뿐이었죠…수천수
만살이나겉늙어버린나를·뼈다귀같은나를·그누가사랑할수있
었겠어요… 그래도늙지않은마음한구석이살아자꾸살아사랑
을갈구했어요… 그러던어느날에·여기있는딜도씨를처음만나

게되었답니다…마음한쪽이무너져자꾸무너져허전해질때그
때마다딜도씨가저를위로해줬지요…변함없이·한결같이…사
랑에빠지게되면눈에뭐가씌나봐요·전…그런그를죽을때까지·
사랑받기로했죠…눈에씐뭐가콩·깍지인가요?·귀신씨나락인
가요?…여전히·내·사랑·딜도·씨…내·마지막·사랑이자·첫·사
랑인·변함없는·당신…정말·고마워요 …늘·연일…딜도·딜도·딜
도·씨‖

무의미한·하루들의·열거
—— 케이블TV‖다큐멘터리채널·69

‖하루에따라다르겠지만태양은10시에서12시사이에뜬
다…한두개비의담배는담뱃갑을빠져나와홈플러스로간다·
제살을사르는노래가잠깐연기처럼피어오르다가이내재와함
께길바닥에버려진다…일기에따라다르겠지만그림자는대체
로어둡다…길을흔들며나를흔들며걸어가는그림자는설탕과
크림을그리워하는블랙인가보다·자동판매기에달라붙어설탕
크림커피를뽑으면두세개비의담배는연기가되어허공의골목
을스며든다·종이컵에달라붙어미처스며들지못한그림자는커
피가루가되어잠시벤치에묻었다가다시집을향한다…하루에
따라다르겠지만아침식사는12시에서14시이다…사정에따
라다르겠지만아침반찬의메뉴는뉴스아니면드라마다…몇편
의죽음과몇편의사고는늘변함없는밑반찬이다·몇편의사랑과
몇편의꿈은늘재방송된다·현미밥은꼭꼭씹어먹어야된다·설
거지는장르에상관없는뮤직비디오이거나종목에상관없는스
포츠다·흐르는물에잘헹궈야한다…마이크·글러브·채·큰북·
작은북·나무배트·볼·심벌즈…그렇게식기건조대에잘건져내고
수도꼭지를잠그면화면은그림자만큼어둡다·그림자만큼이어
지거나그림자만큼재방송된다…사정에따라다르겠지만14시
에서16시사이와21시에서22시사이는10시에서12시사이의재방송이다…사정에따라다르겠지만19시에서21시사이는12시에서15시사이의재방송이다…16시에서19시사이는…아무짝에도쓸모없는책들이거나나와는그다지상관없는스팸메일들이다·줄이맞지않는기타의노래이거나끝이나도처음부터다시시작되는핸드폰속스도쿠Sudoku게임이다·골머리를썩이는숫자들의나열이거나숫자들의조합이다…하루에따라다르겠지만달은22시에서24시사이에뜬다…주머니를뛰쳐나온핸드폰이겨우제목소리를내며걸어간다·담배한두개비도겨우연기를내며함께간다·허공에스며드는제목소리와연기가허공의길로스며든다·허공의길이참북적댄다…달·별·그리고·사랑의통화·열정의문자·쾌락의사진·타락의동영상…허공의길을걸어가는숫자들의나열이거나숫자들의조합이응급차의사이렌을울리게도하고실연의눈물을흘리게도한다·달의주변을맴도는재방송의산책로는그렇게늘허공으로이어지고그허공은늘내방으로이어진다…하루에따라다르겠지만0시에서4시사이는드라마채널이거나시네마채널이다…케이블TV는백몇개의위를가진반추동물이다·나는반추동물에기대어그동물의백몇개의젖들을빤다…오늘하루는특별한날…나는몇개월아니몇년치의밀린일기를한꺼번에쓴다·밀린숫자들의나열이거나숫

자들의조합인나날들이수백개의위에서한꺼번에거슬러올라
온다·나는수백개의위를가진반추동물이되어꼭꼭씹어본다·
상투적인나열이거나조합인숫자들이상투적인날日과달月로
잘뒤섞여몇년치의되새김질을한꺼번에한다·수없이많은상투
적인나날들이하루가되어식상식상씹히고씹혀온다·나는늘케
이블TV앞에서재방송되고…‖재방송된다

불면((2001))vs불면((2010))
― 케이블TV‖스포츠채널·88

‖링아나운서쇠라가·양선수를소개한다…홍코너·2001체육관소속·불면~·와아~와아~…청코너·2010체육관소속·불면~~·와아~와아~~‖심판쇠라가·양선수를링중앙에불러경기의룰을다시한번일러준다…자~·당신((2001))이·백번의주먹을날릴동안…당신((2010))이·그주먹들을잘피하거나맞고도잘견뎌내면·당신((2010))의승리…못견뎌내면·당신((2001))의승리가되겠습니다‖공이울리면·아나운서쇠라와·해설가쇠라의중계로경기가시작된다…네~·방금공이울렸습니다…오늘은2001체육관소속불면선수가·며칠동안잠도못자면서까지개발한필살기를볼수있을까요?…시합전인터뷰에따르면·새로개발한필살기는光주먹이라고합니다…광주먹의특징은·한번충격이가해지면제아무리돌과같은몸을가졌다고해도·몸속까지빛이침투하여몸전체에금이가버린다고합니다…네~·과연오늘그광주먹을볼수있을지·사뭇기대가됩니다‖두선수는·9살차이가나는쌍둥이라고봐야할까요?…네~·네·2010불면선수·요리조리잘피하고있습니다…네~·오십번의주먹이날아가는동안·맞은것은단세방뿐…하지만아직까지필살기를아끼고있는·2001불면선수…주먹이점점빨라지고있습니다…네~·이제열번의주먹만을남겨두고있습니다…말씀드리는순

간·관중들이모두한목소리가되어카운트다운을하고있습니다…5…4…3…2…네~·단한번의주먹을남겨두고·기적같은일이벌어집니다…드디어·2001불면선수의필살기가터집니다…아~·네·놀랍습니다…주먹이빛을뿜으며빛의속도로날아갑니다…광주먹이2010불면선수의복부에정확하게꽂힙니다…네~·온몸에금이가기시작하는2010불면선수·온몸이와르르무너지고있습니다‖쇠라·심판이·손가락으로·허공에·점을·찍듯·카운트를·하기·시작한다…그런데‖쌍둥이가아니라면9년동안의자학인가요?…식스…세븐…에잇…네~·다시일어나긴했습니다만…온몸이조각들로떨어져나가고·온통금이가아귀가잘맞지않습니다…2010불면선수·광주먹의충격때문인지·금에서빛이새어나오고·있습…아~·말씀드리는순간·다시와르르무너져버리는2010불면선수…온몸이·바닥에·조각·조각으로·쏟아지고·있습…아~·안타까운·순간입니다…링닥터들이급하게올라가·2·0·1·0·불·면·선·수·의·조·각·난·몸·을…조각·조각·맞춰보고있습니다만…광주먹의여파때문인지·맞춰진·몸과·몸·사이로·아직도·빛이·줄줄·새어나오고·있습니…아~·안타까운·순간입니다…네~그런데·왜·2001불면선수의주먹에서·피가나는걸까요?…바닥에는·왜·거울조각들이·흩어져있는걸까요?‖불면이·양손에·피를·흘려가면서·바닥에·흩어진·거울·조각·들·을·맞추고·있다·밤·새·도·록…9년동안‖

리셋증후군‖리셋
── 케이블TV‖게임채널·99

‖잘못키웠다…아버지는나이가너무드셨고·어머니는뼈마디
가자꾸쑤신다…아내는좀처럼마음을잡지못하고·아이들은
점점더이기적이다…생활용품은필요이상으로흘러넘치고·통
장에는너무먼미래들이담겨있다…과거는너무너덜너덜하고·
현재는그런과거들의재활용이다…도시계획은계획부터잘못
되었고·사회복지는있는자의배를불리기에급급했다…빈부의
차이가이제한여름과한겨울이다…리셋버튼을누른다‖또·
잘못키웠다…아버지는돌아가셨고·어머니는요양병원에입원
하셨다…아내는오늘도외박중이고·아이들은나보다더어른이
되어버렸다…나는아이들에게아침부터돈을뜯기고·빈지갑으
로홀어머니를뵈러간다… 요양병원은추모공원안에있다…그
안에는산후조리원이있고·그안에는학교와학원이있다·그안에
는예식장이있고·그안에는가정법원이있고·그안에는어머니가
있다…어머니는자꾸나를홀어머니안에넣으려고한다…리셋
버튼을누른다‖오지않는아내를기다린다…아이들은점점무
섭게변해간다…아내의빈자리를성인용품과케이블TV로채
운다…채널은수시로나를오르내리며·한심한놈이라고꾸짖는
다·아버지가살아돌아오셨나?…나는무릎을꿇고·용서를빈
다…어머니가·여보우리막내이름을뭐라지을까요?…옥편이·

몇개의이름을뱉어낸다…씨가다른박씨를나는묵묵히받아들인다…아버지와어머니는막내인나를·영·잘못키우셨다…나는한여름에도한겨울옷을입고덜덜떤다…떨리는손으로·**리셋버튼을누른다**‖아버지도없고·어머니도없다·아내도없고·아이들도없다…칠흑같은어둠속으로·몇명의나도…없다·한여름도·한겨울도·생활용품도·성인용품도그리고몇채의건물도·그리고그건물들사이로난길도·새까맣게지워졌다…몇개의손톱이새까맣게지워진어둠을또긁어낸다…그때마다어둠이·살짝·살짝·긁혀·벗겨진다…형형색색·피가나고·형형색색·울음이나고…울다못해·웃음이나고그래·다시·처음이지…리셋버튼과함께백신프로그램이돌아가고…알수없는몇명의내가…**빠르게잡힌다**‖

몇명의내가있는액자하나∥벌·레·1·1·호
― 케이블TV∥통합리모컨·∞…자동채널

∥혹자·말·입속·은신처…돈까스는오른손잡이·비후까스는
왼손잡이…좌석버스안에서·영혼같은그녀…레드바이올린의
죽음의출생…달아나다·너를키워낸엄마다…해바라기氏가·
나를비웃고…나인그가사각의틀속에갇혀·고기마냥걸려붙
박인나인그…방문을닫았다·불을껐다·발자국을지우며·질질
질… 모자밖의계절은·지칠줄모르고달려간다…잎새를갉아
먹는아버지·자지러지는내아이…차라리햇살이내살에구멍을
뚫고·숭숭숭…발자국이새겨지지않는길·구두밑창이닳지않
는길·동그랗게동그랗게더작게…어미의가는숨소리에·허연눈
만가득쌓여·더늦기전·더늦기전에…살이올랐다다시야위고·
두개의해골바가지…끊임없는그춤을·수혈한다수혈한다수혈
한다…우리는·뛰어봤자벼룩이거나·신의몽정속에서도×빠
지게뛰어야하는우리는·성염색체이거나·棺속의시체이거나…
게의살속에·유통기한이지나버린숨소리가·멎어있다…피노키
오야·피노키오야·네코엔아직생장점이살아있어·어서어서거
짓말을하렴·어서어서가라앉지않게…시체·요리·음식환상·석
유·동식물근원설·시체가시체를먹고…아버지와뼈다귀가마
주앉아식사를하고…방바닥에드러누워·관을따라흐르는물소
리를듣는다·보일러돌아가는소리를…엎치락뒤치락금형의틀

에맞게잘구워지는울아버지깡통울아버지붕어빵…스프링클러를돌린다·사막이죽어퍼렇다…변한다·내살은딱딱하게굳어벽이되고·화석이된혀가움직이지않고…어차피일방통행뿐인길들·새하얀뼈가누렇게변해물이되고마는·질주…있다없다·햇살위를질주하는박쥐는·있다없다·난·환한동굴속을걸어가고…뒤죽박죽된머릿속에점점더큰용량의하드디스크를…나는인형들의인형이되어…지울까찢을까·망설인다…그래서·코가길어지지않는피노키오가문을만들거예요…구두엔뿌연먼지들만쌓여가는…뇌의실직·입의휴가·귀의출장·역사를부둥켜안고시퍼렇게시퍼렇게…비가·별을삼키고·태양을삼키고…씁쓸한맛·내가슴이혀를찬다…몸통없는머리통만자루속에서남근을팔고봉지를팔아·음가없는이응이하나있었던것같은데그래그럼어서벌려…꽃을눈다·향기가지독하다·파리는타락하지않은벌일지도모른다…난늘어난쥐들로꼼짝달싹하지못하는나를본다·쥐들도그런나로꼼짝달싹하지못하는쥐를본다…정字와난字가부딪치는·기형아의울음소리…산란기를맞은붕어처럼입술이두터운아이나펑펑낳을지도…겨울로들어서는길목에서·겨울로들어서는길목에서·국적도불분명한내가·국적도불분명한길을…아무런생각도없이·100분가량

의한폭의그림·시끄러운양들의침묵·날자날자제발이제그만날
자꾸나…이아침저노을에게미안하다그피울음을·그냥·척하
기만해서…덜컹댄다·지하철에서사정된내가한点한点얼룩이
되어…내몸을기어다닌다·悲는세쌍의다리와하나의꼬리를가
진벌레가되어·저놈의꼬리((心))만자를수있다면꼬리만…몇켤
레구두가내머릿속에서꿈틀꿈틀꿈틀꿈틀꿈틀꿈틀꿈틀꿈
틀꿈틀꿈틀꿈틀댄다…아·아픈·시·신경·질·이·아·눈·이·너무
아프다…막다른골목을빠져나간I가·다른막다른골목에서들
려오는I의비명소리를듣고…나는차츰차츰명해진다·내골은
외장형이아닌데·나는꼭두각시처럼앉아있다…죽음(?)의문
은계속열리고닫히고·다시열리고…내·살·구워지는냄새가·케
이블속을·떠돌고·환생할·자궁을·찾는다…알13호는아직껍질
을깨지못한채알6호안에있다…20010516칩을빼내고20100619
칩으로갈아끼우고있다·늘그렇듯…수정체에어린숫자들·숫자
들이뱉어낸그수많은뼈다귀들·살에빛살혹은빗살을긋고…콧
구멍에꽂혀있는환풍기는단한번의고장도없이·가슴가득벽걸
이형디지털TV가걸려…나무와잡풀과수천개의마네킹으로
꽉찬·이제길을낼틈조차보이지않는다…스피커에선자궁이튀
어나왔고·난자와정충이튀어나와·하반신이점점물고기로…新

옵션을몇개더추가해·갈매기다섯마리·볼륨조절성대·피부색
조절장치·도수조절수정체·♀↔♂변환장치·업그레이드무료쿠
폰1…이렇게살바엔·차라리일찍죽는게나아·민감한반응을일
으키며…혹한에도아랑곳없이참꽃이피었습니다·혹한에도아
랑곳없이참꽃은피었습니까?…수난환상‖환상수난곡…불
구의세계·온몸으로기어가는것…몸을바꿀때마다·차오르
는·비애·지리멸렬…언젠가한번쯤은마음을나누는사람이고
싶((은데))…그는·계량한다‖((나))는·계량한다

쇠라, 데칼코마니, X 그리고 자궁을 찾아가는 여정

권혁웅(시인)

1. 너무 이른 도착

1998년, 한 젊은 시인이 '자모의 검'을 들고 출현했다. 시라는 게 시 너머의 것을 지시하는 것이라고 믿던 시절이었다. 그 너머의 것이 서정이든 실재든 혹은 신비든, 시의 언어는 그 너머의 것에 이르기 위한 수단에 불과했다. 그런데 이 시인은 그렇게 보지 않았다. "입속은 자객들의 은신처란다. 그들이 즐겨 쓰는 무기는 '영혼을 베는 보검'으로 전해오는 자모의 검이란다. (……) 천지를 울리는 말 발굽소리, 어느 귓가에 닿으면 그들은 어김없이 이성의 칼집을 벗어던지고 자모의 검을 빼어 든단다. (……) 그날에 귀머거리는 복 있을진저, 자객들의 불문율에 있는 '귀머거리의 목은 칠수 없다'는 조항에 따름이라."(「자모의 검」, 『벌레11호』, 문예중앙, 2011) 시인에 따르면 언어는 영혼을 베는 칼이다. 이 언명은 언어 바깥에 실재가 있으며 언어란 그 실재의 그림자라는 재래의 언어관과는 전혀 다른 것이다. 재래의 관점에서 언어란 '진실을 전달하는 허위' 곧 자의적인 기호 체계의 조합으로 그 너머에 있는 비기호적인 것을 전달하는 도구다. 그러나 이 시인은 그 너머란 없다고, 언어란 그 자체의 물질성을 가진 '기호화하는 기호'라고 생각한다. 기호 너머에 진실이 없다면, 기호는 그 자체로 조직되는 힘(기호화하는 역량)으로 존재한다. 기호 바깥에 실재가 있는 것이 아니기에 기호는 그 자체가 실재화하는 힘이자 그로써 실재화된 어떤 것이다. 시는 자음과 모음으로 조합된 칼이며, 이 칼은 평소에는 이성의 칼집에 들어 있지만 상대의 귀에 닿으면 영혼을 베는 날카로운 도구가 된다. 기호는 들을 귀 있는 자에게는 "목을 뎅거덩 자르"는 힘을 가진다. 다만 그 칼은 귀머거리는 벨 수 없는데, 이것은 귀머거리에게는 행운이 아니라 저주다. 들을 수 없는 자란 어떤 언어의 효과도 알지 못하는 자, 곧 기호 바깥으로 추방된 자에 지나지 않기 때문이다. 기호 자체의 역량이란 이런 것이다.

밥그릇에 담겨 꿈틀댄다. 밥알들이 꿈틀꿈틀꿈틀꿈틀꿈틀꿈틀꿈틀꿈틀꿈틀꿈틀댄다. 식탁 위를 달려가는 벌레 4호, 입안에 든 숟가락을 번개같이 빼내어 쳐 죽인다. 오물오물

썹히는 밥알들이 벌레 4호 같다. 콩나물이 꿈틀댄다. 파김치가 꿈틀댄다. 그 사이로 지나가는 벌레 5호, 젓가락으로 집어 들어 그 사이에 끼워 죽인다. 벽이 꿈틀댄다. 의자가 꿈틀댄다. ……살갗 위를 기어다니는 벌레 7호, 8호, 9호, 이리저리 뒤척이며 꾹, 꾹, 꾹, 눌러 죽인다. 천장이 꿈틀댄다. 몇 켤레 구두가 내 머리 위에서 꿈틀꿈틀꿈틀꿈틀꿈틀꿈틀꿈틀꿈틀꿈틀꿈틀꿈틀댄다.

　　　──「벌레 11호」(『벌레 11호』, 문예중앙, 2011) 에서

　저 꿈틀대는 벌레들이란 언어의 효과와 다른 것이 아니다. 사물들 혹은 그것들을 지칭하는 언어들이란 저처럼 꿈틀대는 것이다. 밥그릇에 담긴 밥알들이 "꿈틀꿈틀꿈틀꿈틀꿈틀꿈틀꿈틀꿈틀꿈틀꿈틀"댄다고 기록될 때, 저 긴 반복에 시선을 맞춰 보라. 정말로 글자들이 꿈틀대는 것이 보일 것이다. 나는 눈에 띄는 대로 벌레를 눌러 죽인다. 이것은 한 번 고정되면(기호가 되어 출현하면), 그것으로 기호화의 역량이 소진되는 것을 비유한 것이다. 그런데 그 과정마저도 언어의 효과다. "꾹, 꾹, 꾹," 여기서도 손가락을 대고 누르는 압력이 느껴질 것이다. 원자로 이루어진 우주에서는 고체마저도 무수하게 진동하는 입자들의 불안정한 모음에 지나지 않는다. 언어의 우주에서도 사물의 확실성을 보장해 왔던 모든 말들은 저런 '꿈틀댐', 곧 기호의 효과로 간주된다. 17년 전, 젊은 시인 여정은 바로 이런 동물성

의 시를 들고 나왔다. 그는 모든 명료함이 모호함의 효과임을 통찰했다. 가령 시인이 달을 일러 "달아 나다. 너를 키워낸 엄마다."(「달아나다」, 『벌레11호』, 문예중앙, 2011)라고 말할 때, 그것은 명명이 도주가 되는 시, 명사(실체)와 동사(운동)가 서로의 자리를 바꾸는 시에 대한 선언이었다. 안타깝게도 당시에는 이 젊은 시인의 가능성이 미처 다 알려지지 않았다. 그가 조금 더 늦게 도착했더라면 사정은 달랐을 것이다. 그의 첫 시집은 2011년에 나왔으며, 그때는 그의 때 이른 통찰이 이미 일반화되어 있었다. 그는 너무 일찍 도착했으되, 그의 시집은 너무 늦게 도착했다. 그는 시대를 뒤늦게 예언한 선지자였던 셈이다. 다행히 두 번째 시집은 그리 늦지 않았다. 그는 마침내 자기 자신의 속도에 세계를 맞추게 되었다. 이 두 번째 선물의 존재론 혹은 방법론을 탐색해 보자(기호화 너머에 실체를 상정해 두지 않았으므로, 여정에게서는 존재론과 방법론이 한 몸이다).

2. 쇠라와 기호화하기

여정이 『몇 명의 내가 있는 액자 하나』에서 소개하고 있는 시작(詩作)의 첫 번째 존재론/방법론은 쇠라에게서 온다. 쇠라는 신인상주의를 대표하는 화가다. 그는 인상주의가 빛에 대한 즉물적이고 직감적인 대응에 그치고 있음을

비판하고, 당대의 광학과 색에 대한 지각 이론을 원용하여 점묘법(Pointillism)을 창안했다. 그는 물감을 섞어서 캔버스에 바르는 기존의 방식을 버리고, 순색의 점을 캔버스에 찍어 나가는 방식으로 그림을 완성했다. 이때 점들은 인접한 점과 망막에서 혼합되어 새로운 색깔로 지각된다. 빛을 섞어서 색을 만들 때에는 여러 색이 섞일수록 채도는 낮아지지만 명도는 높아지며, 빛의 삼원색(빨강, 파랑, 초록)을 모두 섞으면 흰색이 된다(가산 혼합). 색료(물감, 도료, 염료)를 섞어서 색을 만들 때에는 명도와 채도가 모두 낮아지며, 물감의 삼원색(빨강, 파랑, 노랑)을 모두 섞으면 검은색이 된다(감산 혼합). 점묘법은 가산 혼합의 방법을 쓰므로, 물감을 섞어 색을 구현하는 것과는 전혀 다른 방법론이다. 먼저 이 시를 보라.

　수도꼭지에서 물이 새고 있다. 내 귓속에 물이 차오르고 있다. 박쥐우산을 쓰고 걸어가는 이 길은 언제나 스텐(stainless)이었다. 비틀어도 비틀어도 잠겨 지지 않는 날들이 또독또독 다가오고 있다. 밤이 와도 해는 지지 않았고 먹구름이 몰려와도 해는 사라지지 않았다. 비가 내려도 대지는 타들어만 갔다. 퍼석퍼석해진 하늘엔 늘 먼지만 자욱했다. 별 하나 뵈지 않고 새끼손가락 손톱만 한 달조차 뵈지 않는다. 자꾸 모래바람만 불어대고 내 살점이 또독또독 떨어져 나가고 있다. 사막을 횡단하는 낙타의 두 눈 속에 뼈다귀만 남은 시체가 한 구씩 놓여 있다. 선인장마저 쪼그라들고 있다.

허우적대고 있다. 식인 상어가 내 몸속에서 이빨을 드러내고 있다. 달을 물어뜯고 별을 집어삼키고 있다. 수면 위로 떠오른 방주에 식인 상어의 이빨만 한 구멍들이 뚫려 있다. 비둘기의 날개가 젖어 들고 셈과 함과 야벳의 아랫도리가 젖어 들고 있다. 방주를 만드는 노아의 망치 소리가 내 귓속을 두들기고 갈보리언덕에서 예수가 십자가에 못 박히고 죽은 나사로가 썩은 내를 풍기며 무덤에서 걸어 나오고 있다. 베드로의 귓속에서 닭이 세 번 울어 대고 그 울음소리에 선악과 나무의 열매가 떨어지고 있다. 요단강에서 요한이 물로 세례를 주고 모세의 지팡이가 홍해를 가르고 노예들이 그 갈라진 홍해를 또독또독 건너가고 있다.

수도꼭지에서 햇살이 떨어지고 있다. 마른 잎들이 어둠 속에서 온몸을 뒤척이고 있다. 길 잃은 어린양의 울음소리가 규칙적으로 돋아나고 나는 이름 없는 호숫가를 거닐고 있다. 수면 위로 익사체 한 구가 떠오르고 나는 부어터진 그 익사체를 건져 내고 있다. 나는 젖은 주머니를 뒤적이고 가죽 지갑을 꺼내고 그 가죽 지갑 안에 있는 신분증을 바라보고 있다. 신분증 안에는 내 사진이 무덤덤한 표정으로 나를 보고 있다. 나는 수면이 거울인 양 수면에 비친 내 모습을 바라보며 고개를 떨구고 있다. 수도꼭지에서 또독또독 눈물이 새고 있다.

잠들지 못하는 영혼은 수도꼭지에서 떨어지는 물방울 하나에도 고통을 받는다. 물이 귓속까지 차오르고 산책은 늘 우중(雨中)이다. 그러나 그 풍경은 불면이 만든 폐허일 뿐이어서, 잠이 달아난 몸은 사막과도 같다. 이제 수도꼭지에서 떨어지는 것은 내 살점이거나 햇살이거나 눈물이다. 그 사이로 창세기와 복음서의 신화, 곧 기원담이 펼쳐진다. 모든 이야기의 기원에는 양 한 마리, 양 두 마리, 양 세 마리……가 있다. 그 모든 이야기를 더듬고 돌아와 수면(이것은 '睡眠'이자 '水面'이다)을 보니, 내 시체가 둥둥 떠 있다. 나는 잠이 든 것일까? 잠은 임사 체험의 일종이니까. 아니면 여전히 나는 잠의 주변만을 어슬렁거리는 걸까? 수도꼭지에서 눈물이 새고 있으니까. 제발 잠 좀 자자, 흑흑. 유머와 이야기가, 불면과 태초와 구원이 생시와 잠이라는 경계를 오르내리는 시다. 이를 점묘법으로 다시 쓰면 이렇다.

수도꼭지, 물이, 새, 내, 귓속, 물이, 차, 박쥐우산, 쓰고, 걸어, 이, 길, 스텐(stain, 비틀어, 비틀어, 잠겨, 지, 않, 날들, 또 독또, 밤이, 와, 해, 지지, 않, 먹구름, 몰려와, 해, 사라지, 않, 비, 내려, 대지, 타들, 갔, 퍼석, 하늘, 늘, 먼지, 별, 하나, 뵈지 않, 새끼손가, 손톱만, 달, 뵈지 않, 모래바람, 불어, 내, 살

점, 또독또, 떨어져, 사막, 횡단하, 낙타, 눈 속, 뼈다귀, 남은,
시체, 한 구씩, 놓여, 선인장마저, 쪼그라들,

　허우적대, 식인 상어, 내 몸속, 이빨, 드러내, 달, 물어뜯,
별, 집어삼키, 수면, 위, 떠, 방주, 식인 상어, 이빨, 구멍, 뚫,
비둘기, 날개, 젖어 들, 셈, 함, 야벳, 아랫도리, 젖어 들, 방
주, 만드, 노아, 망치 소리, 내 귓속, 두들기, 갈보리언덕, 예
수, 십자가, 못 박히, 죽은, 나사로, 썩은 내, 풍기, 무덤, 나오
고, 베드로, 귓속, 닭, 세 번, 울어대, 그, 소리, 선악, 열매, 떨
어지, 요단강, 요한, 물, 세례, 주, 모세, 지팡이, 홍해, 가르,
노예들, 홍해, 또독또, 건너,

　수도꼭, 햇살, 떨어지, 마른, 잎들, 어둠 속, 온몸, 뒤척이,
길, 잃, 어린양, 울음, 규칙적, 돌아, 나, 이름 없, 호숫가, 거
닐, 수면 위, 익사, 한 구, 떠오르, 나, 부어터, 그 익사체, 건
져, 나, 젖은 주머니, 뒤적, 가죽 지갑, 꺼내, 그, 안, 신분증,
바라보, 증, 내 사진, 무덤, 표정, 나, 보고, 나, 수면, 거울인,
내, 모습, 바라보, 고개, 떨구, 수도꼭지, 또독또, 눈물, 새,
　　　　　　　　　──「178피스 퍼즐;「불면((2010))」」

　앞의 시를 실질 형태소 위주로 간추리면 이런 형태가 된
다. 여정이 도입한 점묘법은 한 텍스트에서 의미를 품은 언
어들을 점(point)으로 독립시키는 것이다. 신기하게도 이렇

게 점점이 토막 난 단어들의 묶음에서도 의미의 연쇄는 생겨난다. 첫 구절, "수도꼭지, 물이, 새, 내, 귓속, 물이, 차"에서 우리는 "수도꼭지(에서) 물이 새(서), 내 귓속(에) 물이 차(올라)"를 읽어 낼 수 있는 것이다. 이것이 점묘법의 첫 번째 장점이다. 점들의 상호작용으로 의미의 통로를 개척하기. 형태소들의 가산 혼합. 이 점들은 조사나 어미의 도움을 받지 않기에, 뒤가 풀리지 않는다. 조사나 어미와 같은 형식 형태소들은 의미를 품지 않은 말이기 때문에 강세가 놓이기 어렵고, 강세가 없기 때문에 빠르게 읽힌다. 이를 제거하고 의미의 점들을 배열하면, 박(拍)이 생겨난다. 예를 들어서 "수도꼭지, 물이, 새, 내, 귓속, 물이, 차, 박쥐우산, 쓰고, 걸어, 이 길"에는 세 개의 박이 있다. ① "수도꼭지 — 귓속(/귇쏙/) — 박쥐우산"이 하나, ② "물이 — 물이 — 걸어 — 이 길"이 둘, ③ "새 — 내"가 셋이다. 이것들은 의미를 건네주는 소리-의미 통합체다(다른 자리에서 이를 '소리-뜻'이라고 불렀다). ① "꼭지"는 "귀"와 "박쥐"를 불러오고, "수"(水)는 "속"과 "(우)산"으로 연계되면서 서로 단단히 묶인다. ② 거듭 떨어져 내린 "물이"(/무리/) 길의 이미지와 연결되는 것도 이 때문이다("걸어, 이 길"). ③ 그리고 물이 "새"는 것은 "내" 안에서 일어난 일이다. 이것이 점묘법의 두 번째 의의다. 소리와 의미의 가산 혼합. 그런데 저 점들을 온 문장으로 읽는 방법은 하나뿐일까? 그렇지 않을 것이다. 점들은 다른 방식으로 접속할 수도 있다. 이를테면 우리는 앞에서부터 점들을 이어 나가면서 첫 구절을 이렇게 읽을 수도 있다.

수도꼭지(의) 물이 새(처럼) (날아올라)
수도꼭지(에서) 물이 새(서) 내(를) (이루었어)
수도꼭지(에서) 물이 새(서) 내 귓속(에서) 물이 차(가워)

문장이 완성되지 않았기에, 최종적인 문장은 가능한 여러 개의 선택지를 갖게 된다. 물은 새가 될 수도, 내[川]가 될 수도 있고, 차는 것[滿]이 아니라 찬 것[冷]이 될 수도 있다. 심지어는 점묘법에 의해 대상이 최초의 원형으로 환원될 수도 있다. "어머니는 어머, 아버지는 아, 바다는 바닥, 숲은 수프, 땅은 따양"(「산성비를 맞는 앵무새」) 부모가 감탄사가 되고 자연이 제 형태를 잃고 형질전환을 일으키는 세계가 여기서 열린다. 이것이 점묘법의 세 번째 의의다. 문장들의 가산 혼합.

점묘법은 개별자들을 지우지 않은 채로도 전체상을 포착할 수 있음을 보인 방법론이다. 전체가 아닌 개체의 우위를 전제한다는 점에서, 점묘법에는 민주주의의 원리가 들어 있다. 점묘법은 파시즘의 적이다.

‖칠순의어머니·또·무거운짐을·양손에들고가신다···스쿠알렌과알콕시두박스·어머니의양팔을늘어뜨린다···조금씩멀

어지는어머니·아들은자신을위해·한팔이없는옷과두개의손가
락이없는장갑을끼고·굳은표정으로그·뒷모습을바라본다···어
머니와아들사이·빛이많아지면많아질수록·어머니의몸에서자
꾸팔이자란다···칠순의양팔보다·더·탄력있는팔들이·세개·네
개···늘어난다···그·손에는·신앙촌밍크담요·신앙촌간장·신앙
촌잡화보따리···가·어머니의팔들을늘어뜨린다···아들은자신
을위해·두눈에눈물을머금는다···그·눈물에젖은어머니그·눈물
을머금은어머니의몸에서·더·많은팔들이자란다···새로자라난
한손이·아들의한팔을들고있고·또·다른한손은·아들의두개의
손가락을·꼭·거머쥐고있다···아들은잠시두눈을감는다···감긴
두눈으로·어머니의몸에서칠순의양팔보다·더·탄력없는팔들
이·일곱개·여덟개···늘어난다···그·여러손들이힘을모아·무거
운아들을들어보려고애를쓴다···아들은그·여러손들을위해·자
기의몸을·여러조각으로조각조각내본다···두눈을뜨자그·눈물
에젖은어머니·더·작아지고·더·옅어진다···빛이너무많아·그리
고···코너다‖

—「어머니의·짐」

본문에 가득한 가운뎃점들은 TV의 화소(畵素)들이자 점
묘법의 그 점들이다(화소 역시 가산 혼합의 예다). 칠순의 어
머니에게서 돋는 저 무수한 팔들은 아들을 위해 싸온 짐
들을 부여잡기 위해 돋은 것이며, 아들이 자기의 몸을 "여
러조각으로조각조각내"는 것도 그 손을 맞잡기 위한 것이

다. 그러니 보라, 손들은 사랑해서 돋아나고 신체는 거기에 감응해서 조각나며 점들은 그 모든 것들을 감싸 안기 위해서 빈자리를 채운다. 모든 점들에게 경의를.

3. 데칼코마니와 유비

여정에게 있어서 점들은 의미의 각자성을 보유한다는 점에서 일종의 모나드다. 그것들은 각자가 하나의 우주지만, 이것들이 모여 개방된 우주를 형성한다는 점에서는 무한소(無限素, infinitesimal)이기도 하다. 무한소란 미적분을 개척하면서 도입된 개념으로 '모든 양수보다 작지만 0보다는 큰 양'을 말한다. 무한히 작지만 0이 되지는 않는 수학적인 크기로서, 무한소는 모나드의 수학적 번안물이기도 하다. 그것은 0이 아니어야 하지만, 미적분의 값을 구하기 위해서는 0의 값을 가져야 하는 모순 개념이다. 점묘법의 점들도 그렇지 않은가? 개별자로서 그것들은 어떤 값도 가지지 않지만, 그럼에도 불구하고 그것들은 0, 곧 무(無)가 아니다. 이 무한소를 바탕으로 데칼코마니의 세계가 펼쳐진다. 이를테면 점들이 번지고 패턴을 이뤄 "양쪽 무늬가 다른 나비 한 마리"(「데칼코마니∥易데칼코마니 —X선 필름에 갇힌 검은 나비」)가 태어난다. 잘 알려진 대로 데칼코마니는 그림을 종이에 찍어 얇은 막을 이루게 한 뒤 다른 표면에 옮기는 기법을 말한다. 이때 대칭면을 따라 짝 — 그림이 생겨난다. 나비는 좌우대칭으로 넓게 펴지는 날개를 갖고 있어서 데칼코마니로 포착하기에 안성맞춤인 대상이다. 그런데 나비의 두 날개는 서로 관련되어 있으면서도 다른 그림이다. 둘은 짝이면서도 물감의 크기, 번짐의 정도, 좌우의 방향이 다 다르다. 따라서 데칼코마니야말로 화소이자 점인 무한소가 자신을 세계 전체에 투영하는 방법이라고 할 수 있다. 자신과 닮은꼴이지만 동일하지는 않은 무한소들이 얽혀 유비로 세계를 그물질하는 것. 여정이 소개하는 데칼코마니는 짝을 낳는 것으로 끝나지 않고 무한히 증식한다.

달과 달 사이, 이상한 거울 하나, 그 속으로 바늘 바람 불어 대고, 그 바람에 구멍 뚫린 풍선 하나, 짓이겨진 목련꽃잎 토해 내는, 달과 달과 달 사이, 반으로 부서진 거울 하나 혹은 둘, 모래 위에 찍힌 낙타의 발자국들 혹은 황토 팬티 위에 얼룩진 정액 자국들, 희미하게 혹은 희뿌옇게 번져 가는, 달과 달과 달과 달 사이, 조각조각 난 이상한 거울 하나, 그 속으로 솟아오른 벌레 무덤들, 태양을 갉아먹는 땀방울들, 공동묘지처럼 빽빽이 들어서는, 달과 달과 달과 달과 달 사이, 산산조각 난 이상한 거울 하나, 그 속으로 쌓여 가는 뼈다귀들 혹은 산산조각 난 뼈다귀들, 모래바람을 타고 사라지는, 달과 달과 달과 달과 달 달 사이, 사라져 버린 이상한 거울 하나, 태양은 먹구름 속에서만 몸을 뒤척이고, 사막은 모래

바람을 타기 시작하는데, 달과 달과 달과 달과 달과 달과 달 사이, 가루가 되어 허공을 날아다니는 이상한 거울 하나, 낙타를 담고 벌레를 담고 땀방울을 담고 뼈다귀를 담고 모래바람에 실려 꽃씨인 양 모래인 양 어디론가 떠나가는데, 달과 달과 달과 달과 달과 달과 달 사이, 아기의 울음소리마저 죽어 버린 언덕 중턱, 더 이상 꽃피우지 않는 나무 한 그루만 말라 가는데, 달과 달과 달과 달과 달과 달과 달과 달과 달 사이,

—「무덤으로 가는 거울 하나」

첫 번째 "달과 달 사이"는 시간적인 사이다. 한 달이 걸려 원래 모습으로 돌아오는 과정이 이 '사이'다. 그 사이가 "이상한 거울 하나"를 낳는다. 거울은 달에서 유비된 데칼코마니다. 보름달은 원경(圓鏡)이요 반달은 반원경(半圓鏡)이다. "바늘 바람"에 찔려 "구멍 뚫린 풍선 하나" 역시 달의 이지러지는 모습을 형용한 것이다. 그렇게 조각난 달빛이 "목련꽃잎"이 되었다. 두 번째로 출현한 "달과 달과 달 사이"에서 거울은 둘이 되고, 빛은 그만큼 희미해진다. 달이 무수하게 증식함에 따라서 거울은 점점 더 조각나고, "산산조각" 나고, 사라지고, 모래나 먼지가 되어 허공을 날아다니고, 그리고 마침내 다시 모여 모든 것들을 되비추는 달—거울이 된다. 여기서 달 혹은 거울은 무수한 분할을 거쳐 만물을 모래나 가루로 만들었으므로 모든 것을 폐허

로 만드는 시간의 힘을 뜻하는 것이기도 하다. 따라서 달은 모든 죽음을 담아 내는 "무덤"이 된다(뒤에서 다시 밝히겠지만, 여기에 다시 데칼코마니의 논리를 적용하면 이 무덤은 무덤의 역(易)인 자궁이 된다).

데칼코마니는 유비의 방법론이다. 무한소인 점들이 어떻게 서로 다르면서도 닮을 수 있는가? 다른 것들이 어떻게 예정 조화를 제 안에 품는가? 그것을 가능하게 하는 힘이 바로 언어의 힘이다. 여정은 언어 너머에, 바깥에, '다른 어떤 것'이 있다고 믿지 않는다는 점에서는 회의론자이지만, 언어 자체가, 내부에서, '바로 그것'을 생산해 낸다고 믿는다는 점에서는 신비주의자이기도 하다.

어느 밤, 고양이 한 마리가 음식물 쓰레기통에 다가갑니다. 나는 고양이 한 마리 자리에 나비 한 마리를 붙여 봅니다. 그러자 음식물 쓰레기통은 꽃이 되었고 어느 밤은 빛이 강한 봄이나 여름의 낮이 되었습니다. 그러자 골목은 꽃밭이 되었고 전봇대와 주차된 자동차들은 나무와 꽃이 되었습니다.

꽃밭, 나비 한 마리가 꽃에 앉았습니다. 나는 나비 한 마리 자리에 나비넥타이를 붙여 봅니다. 그러자 꽃은 하얀 웨딩드레스를 입었고 여러 꽃들은 정장과 한복을 입었습니다. 몇몇 꽃들은 꽃술을 터뜨리는 폭죽이 되었고 폭죽은 나비넥타이와 웨딩드레스를 환호하는 몇몇 친구가 되었습니다. 나는 그

중 한 친구에게 사람의 눈·코·입을 가진 마른오징어 한 마리를 붙여 봅니다. 그러자 꽃밭은 다시 어두운 골목이 되었고 그 친구는 함지기가 되었습니다. 그러자 그 친구 주위로 몇몇 친구들이 함을 지키기 위해 착 달라붙었습니다.

그날 밤, 친구들은 맥주잔에 양주잔을 붙였습니다. 총각 딱지를 붙이고 있던 친구 몇몇은 총각 딱지를 떼어 냈습니다. 나는 총각딱지를 떼어 낸 한 자리에 나비넥타이를 붙여 봅니다. 그러자 나비넥타이는 목이 답답한 듯 넥타이를 떼어 내고 나비가 되었습니다. 나비는 밤이라서 나방이 되었습니다. 낮에도 활동함으로 불나방이 되었습니다. 불나방 한 마리가 제 몸을 기꺼이 사르며 불 속으로 뛰어듭니다.

그날 밤, 고양이 한 마리가 생선 대가리를 물고 주차된 자동차 밑으로 들어갔습니다. 나는 나비야 하고 불러 봅니다. 그러자 나비 한 마리가 생선 대가리를 물어뜯고 있습니다. 사실은 나비 한 마리가 부위에 상관없는 어둠을 물어뜯고 있습니다. 물어뜯으면 뜯을수록 나비 한 마리가 더 깊은 어둠 속으로 사라집니다. 나는 주차된 자동차 밑으로 몸을 낮추어 나비야 하고 다시 불러 봅니다. 그러자 어둠 한 마리가 적막을 흔들며 화들짝 달아납니다. 그러자 소리 한 마리가 담을 타고 어느 집으로 내려앉습니다. 나는 음식물 쓰레기통의 뚜껑을 닫고 나보다 먼저 내려앉은 소리 한 마리의 뒤를 따라 그 집의 대문을 열고 안으로 들어갑니다. 음식물 쓰레기통의 뚜껑은 잘 닫았습니다.

　　　　　　　　　　─「고양이와 음식물 쓰레기통에 의한 콜라주」

　콜라주 역시 서로 다른 매질들을 이어 붙여 제작하는 방법이니, 점묘법과 같은 것이다. 다만 점묘법이 공간의 인접성에 토대를 둔 것이라면, 이 시에서의 콜라주는 시간의 인접성에 기초하고 있다는 차이가 있다. 이 시에서 고양이와 음식물 쓰레기통의 관계는 나비와 꽃밭의 관계로 유비된다. 고양이를 부르는 가장 흔한 이름 중 하나가 나비다. 이 명명이 유비를 작동시킨 최초의 동력원인 것은 명백하다(1연). 나는 나비가 앉았던 자리에 표시를 해 둔다. 이 체크 표시(V)에서도 나비가 출현했다. 나비는 다시 나비넥타이가 되고(나비 표시가 정식화, 공식화되었다는 뜻이겠다), 나비넥타이는 웨딩드레스와 짝을 이루어 주위를 결혼식장으로 전환시킨다. 한편 터지는 꽃술은 폭죽이 되어 팡파르에 참여하고, 마른오징어와 함께 결혼식 전날의 함 파는 골목길을 불러온다(2연). 그날 밤의 총각 파티에서 몇몇 친구들은 "총각 딱지"를 떼고 어른(?)이 되었다. 다시 말해서 나비넥타이를 맨 성인이 되었다. 나비넥타이에서 넥타이를 떼어 내니 다시 나비가 되고, 한밤중의 나비니까 나방이 되었다.(3연) 이 모든 변신 이야기를 거쳐서 나비는 최초의 고양이로 돌아온다(4연).

171

수많은 화소, 점, 무한소들이 다른 것들로 변신하는데, 이를 추동하는 힘은 시종일관 유비이며, 유비를 가능하게 하는 힘은 언어에 내재한 기호의 역량 그 자체다. 고양이는 나비다. 그것은 고유명사에서 일반명사로 전환된다. 나비는 나비넥타이다. 넥타이에 나비가 내려앉은 것이 나비넥타이다. 유비는 이 기호들의 전변을 가능하게 하는 체계 전체의 힘이다. 고양이와 쓰레기통이 나비와 꽃밭으로 변하는 체계 전체의 변환 말이다. 이렇게 정리할 수 있겠다. 여정의 시에서, 유비 기계를 움직이는 힘은 언어기호 자체의 역량이다. 인간은 대칭의 세계에 살며 대칭적으로 사고한다. 세상을 보는 눈도 둘, 듣는 귀도 둘, 냄새 맡는 콧구멍도 둘, 숨 쉬고 밥 먹는 입 안의 구멍도 둘, 사물을 잡는 손도 둘, 사물에게 다가가는 발도 둘, 그리고 그 모든 것을 판단하는 뇌도 둘이다. 대칭이란 사물을 배가(倍加)하는 방법이다. DNA가 자신을 복제할 때 쓰는 방법도 그렇다. 대칭을 이룬 이중나선이 서로 나뉘고 자기 짝을 복사함으로써 두 배가 되듯, 인간은 모든 것들을 대칭으로 파악함으로써 사물들의 질서를 찾아낼 수 있었다. 이를테면 왼쪽에 창세기를 넣어 반으로 접으면, 오른쪽에는 갈보리언덕이 찍혀 나온다. "접힌 도화지 속에서 예수는 열매를 흘리고 있다. 구원받을 강도와 하와는 그 열매를 주워 나무 십자가에 매달고 있다. 나무 십자가는 선악을 알게 하는 나무의 잎사귀들을 내며 광합성을 하기 시작한다. 뱀은 구원받지 못할 강도만 친친 감아 땅속으로 기어들어 가 죽음보다 더 아픈 잠을 잔다."(「데칼코마니‖逆데칼코마니」) 죄와 구원이 같은 기원을 갖는다는 것을, 그것들이 대칭적 사고의 작용으로 출현했다는 것을 보여 주는 방법론이 데칼코마니인 셈이다.

4. X와 미지의 텍스트

점묘된 무한소들은 모여서 유비/대칭구조를 형성한다. 시인은 이런 구조를 통해 출현한 최종적인 형상을 X라고 부른다. X는 미지(未知), 곧 알 수는 없으나 거기에 무엇인가가 있다는 것을 표시할 때에 붙이는 이름이다. X는 따라서 존재하지 않는(알려지지 않는) 방식으로만 존재하는(거기에 있다는 것만은 알려진) 그 무엇이다. 이를테면 X는 "수퍼 초울트라애인"이다.

어두운 작업실에서 시곗바늘에 찔려 죽은 애인들의 시체들을 하나, 둘…… 불러 모은다.

퀼트를·한다…죽은·애인들의·가죽을·도려내…퀼트를·한다…조각·조각마다·피로·얼룩져있어·가죽이·더·가죽답다…퀼트를·한다…애인1호의눈알과·애인2호의심장과·애인3호의대뇌와…애인27호의위장과·애인28호의간장과…애인○○호의괄약근·열성인자는·버리고·우성인자만·취해…퀼트를·한다…
죽은·애인들의·자궁을·하나하나·들어낸다…퀼트를·한다…애
인1호의자궁과·애인2호의자궁과…애인○○호의자궁으로·커
다란·자궁을·만든다…퀼트를·한다

　바늘에 찔려 가며 피를 흘려 가며 퀼트를 한다. 작업실 바
닥이 죽은 애인들의 피로 질펀하다.

　죽은·애인들의·피를·뒤집어쓰고·수퍼초울트라·애인X·태어
난다…열성인자들을·밟고·커다란·자궁을·가지고·내게로·달려
온다…나를·번쩍·안아들고·죽은침실들로·달려간다…가랑이
를·벌리고·나를·통째로·집어삼킨다…커다란·자궁·속에서·조각
조각·나를·웅크린다…○○명의·가죽냄새와·○○명의·피냄새
가·어우러져·나를·감싼다…피비린내들이·나를·풍기며·○○명
의·가죽으로·퀼트한·탯줄들에·조각조각·나를·매단다…나를·몸
부림친다·나를·발버둥…친다

　자궁밖에서·수퍼초울트라·애인X의·가느다란·숨소리가·
들려온다…또·다른·내가·나들을·밀어내며·깊은·잠을·몰고·온
다…균열이·심한·꿈이·나를·몰고…간다.

―「수퍼초울트라·애인X」

"시곗바늘"은 애인에게서 현재성을 빼앗아 가는 시간의

힘이자, 퀼트를 가능하게 하는 바늘이고, 점묘를 할 때 쓰는 뾰족 펜이기도 하다. "죽은 애인들의 가죽을 도려내"어 만든 "퀼트"가 점묘화이자 콜라주라는 건 불문가지다. 지나간 애인들 가운데 어떤 이는 눈알로, 어떤 이는 심장으로, 어떤 이는 대뇌로, 어떤 이는 위장으로, 어떤 이는 간장으로…… 기억된다. 마주보던 눈빛으로 기억되는 사람이 있으며, 심장에 각인된 사람이 있고, 이런저런 생각을 불러일으키는 애인이 있으며, 함께 식사를 한 애인이 있고, 술을 마신 애인이 있다. 그 모든 기억들을 모아 퀼트를 한 결과, "수퍼초울트라·애인X"가 탄생했다. "수퍼초울트라"와 같은 명명에 놀랄 필요는 없다. 이 말은 '순진짜원조참'기름 같은 표현일 뿐이다. 모든 애인이 내게 남긴 가장 강렬한 기억과 감각만으로 구성된 애인이니 수퍼초울트라애인이 아니겠는가? 미지수 X는 거기에 있되, 그 존재 방식을 파악할 수 없는 무엇이다. 애인 X는 현실에서는 존재하지 않는 애인이지만, 현실의 질료를 끌어모아 만든 애인이다. 그것은 존재하는 것으로 만든 존재하지 않는 것, 혹은 존재하지 않는 방식으로만 존재하는 어떤 것이다. 봉인된 지식, 이것이 X의 첫 번째 의미다.

X는 이중 구속의 산물이다. 그것은 어느 곳에도 없으나(수퍼초울트라애인은 이 세상에 존재하지 않는다), 어느 곳에서나 조금씩 존재한다(그녀의 이런저런 면은 이 세상에 반드시 있다). 따라서 X는 있음/없음의 이중적인 작용을 통해 출

현한 '인위적인 것', 곧 작품(work)의 다른 이름이다. 이것이 X의 두 번째 의미다. 이를테면 X는 포토샵 파일 속에 존재하는 그림 파일이기도 하고(「몇 명의 내가 있는 액자 하나」), "모닝글로리연습장에 오토펜슬2.0*mm*로" 그린 그림이기도 하며(「떨리는 손의 소묘」), 당신이 두들겨서 완성한 피아노 곡이기도 하고(「피아노 P」), "13일의 금요일"을 보다가 작품 속 상황에 처한 영화 속 영화이기도 하며(「호러 영화를 찍다」), 마그리트와 뭉크의 그림이자 이문재의 시이기도 하다(「하늘도 무심하시지」). 이 시집의 4부는 세상 전체를 케이블 TV 속의 작품으로 만든다. 삶이, 세상이 X가 되는 것이다.

‖잘못키웠다…아버지는나이가너무드셨고·어머니는뼈마디가 자꾸쑤신다…아내는좀처럼마음을잡지못하고·아이들은점점더 이기적이다…생활용품은필요이상으로넘치고·통장에는너무 먼미래들이담겨있다…과거는너무너덜너덜하고·현재는그런과 거의재활용이다…도시계획은계획부터잘못됐고·사회복지는있 는자의배를불리기에급급했다…빈부의차가이제한여름과한겨 울이다…리셋버튼을누른다‖또·잘못키웠다…아버지는돌아가 셨고·어머니는요양병원에입원하셨다…아내는오늘도외박중이 고·아이들은나보다더어른이되어버렸다…나는아이들에게아 침부터돈을뜯기고·빈지갑으로어머니를뵈러간다…요양병원은 추모공원안에있다…그안에산후조리원이있고·그안에학교와학

원이있다·그안에·예식장이있고·그안에·가정법원이있고·그안에·어
머니가있다···어머니는·자꾸나를·어머니안에넣으려고한다···리
셋버튼을누른다‖오지않는아내를기다린다···아이들은·점점무
섭게변해간다···아내의빈자리를·성인용품과케이블TV로채운
다···채널은수시로나를오르내리며·한심한놈이라고꾸짖는다·
아버지가살아돌아오셨나?···나는무릎을꿇고용서를빈다···어
머니가·여보우리막내이름을뭐라지을까요?···옥편이·몇개의이
름을뱉어낸다···씨가다른박씨를·나는묵묵히받아들인다···아버
지와어머니는·막내인나를·영잘못키우셨다···나는한여름에한겨
울옷을입고덜덜떤다···떨리는손으로·리셋버튼을누른다‖아버
지도없고·어머니도없다·아내도없고·아이들도없다···칠흑같은
어둠속으로·몇명의나도없다···한여름도·한겨울도·생활용품도·
성인용품도·그리고몇채의건물도·그리고그건물사이로난길도·새
까맣게지워졌다···몇개의손톱이·새까맣게지워진어둠을또긁어
댄다···그때마다어둠이살짝살짝긁혀·벗겨진다···형형색색피가
나고·형형색색울음이나고···울다못해웃음이나고그래다시처음
이지···리셋버튼과함께백신프로그램이돌아가고·알수없는몇명
의내가·빠르게잡힌다‖

──「리셋증후군‖리셋」

  보라, 한 집안의 가정사가 '게임 채널'의 게임으로 변환
되었다. 삶에는 리셋 버튼이 없으나(강제 종료 버튼만 있다),
게임은 언제든 새롭게 시작할 수 있다는 장점이 있다. 삶이

게임으로 유비되었으니, 여기에 리셋 버튼을 도입하면 어떻게 될까? 놀랍게도 새로운 삶은 열리지 않는다. 늙은 부모와 애정을 잃은 부모, 말을 듣지 않는 아이들은 새로운 세계에서는 더 늙어서 요양원에 가거나 죽고 집을 나가고 불효막심해지다가 마침내 뿔뿔이 흩어진다. 삶에 재생 기능이 추가되면, 더 악화된 삶만이 주어질 뿐이다. 이 악무한이야말로 여정의 시를 환상과 구별하는 가장 유력한 지표다. 환상이란 실재화된 상상인데, 아무리 상상의 채널을 돌려도 환상이 실재를 변화시키는 법은 없다. 환상의 역할은 딱 거기까지다. 잠시의 거짓 위로를 준다는 것. 로또 벼락을 맞았다는 소문은 들려오지만 그런 일이 내게는 결코 일어나지 않는 것과 마찬가지다.

X의 세 번째 의미가 바로 이것이다. 미지수는 늘 무한담과 순환담의 결합을 통해 출현한다는 것. 미지는 끝없이 현전하지만, 그 현전의 결말은 현전이 출현한 바로 그 자리라는 것.

나는 새벽 5시에 게임 종료된 하루살이 백수다, 나는 낮 12시에 개켜진 이불이다, 빈집이다, 나는 전기밥솥에서 금방 꺼낸 밥공기다, 냉장고에서 꺼낸 밑반찬이다, 수저다, 나는 개수대에 던져진 빈 그릇이다, 지저분해진 수저다, 나는 소화기관에서 배설기관까지 걸어 다닐 운동화다, 운동화에 걸쳐진 셔츠다, 모자다, 나는 짤랑거리는 동전이다, 자동판매기에서 금방 꺼낸 커피다, 주머니에서 꺼낸 담배다, 연기다, 나는 심심해서 나를 만지작거리는 핸드폰이다, 음성변조 장난 전화다, 귀신 목소리다, 나는 휴지통에 버려진 종이컵이다, 꽁초다, 재다, 나는 낮 1시를 걸어가는 길이다, 티셔츠에 그려진 2개의 해골바가지다, 나는 홈플러스 남대구점이다, 승객을 기다리는 개인택시들이다, 테이크 아웃 커피 전문점이다, 나는 KT&G 대구 본부다, 뼈다귀 해장국집이다, 나는 음식물 쓰레기통 주변을 서성이는 하얀 고양이다, 맛있어 보이는 카키색 깃털의 앵무새다, 새빨간 입술이다, 나는 여자의 짙은 화장이다, 백인이다, 흑인이다, 여자다, 남자다, 나는 낮 1시 30분에 앉아 있는 벤치다, 노곤함이다, 지루함이다, 갈 곳 없는 바람이다, 갈증이다, 나는 버튼에서 방금 태어난 캔 음료다, 찌그러진 빈 깡통이다, 나는 찌그러진 허공 속을 걸어가는 낮 2시다, 앞산에서 내려오는 황사 마스크다, 나는 2개다, 3개다, …… 나는 다세대주택이다, 희미하게 나를 지우는 자동문 유리다, 나는 버려진 책들에서 건져 낸 뭉크/칸딘스키/앙소르/마그리트 공동 화집이다, 《현대세계미술대전집》 11번이다, 금성출판사다, 나는 천천히 걸어가는 불안이다, 절규다, 뼈가 있는 자화상이다, 즉흥 19다, 즉흥 30이다, 나는 푸가다, 노랑=빨강=파랑이다, 나는 밝은 땅 위의 형상이다, 비통해하는 사나이다, 지옥의 행렬이다, 나는 집 앞에서 걸음을 멈춘 대문 열쇠다, 현관문 손잡이다, 나는 나를 통째로 먹는 거짓 거울이다, 과대망상광이다, 최후의 절규다, 나는 낮 2시20분에 다시 돌아온 내 방이다, 어리둥절하게 만드는 영역 Ⅷ이다, 나는 개켜진 이불 위에 아무렇게나 던져진 티셔츠다, 모자다, 공동 화집 뒤표지다, 나는 가면들에 둘러싸인 자화상이다, 충혈진 눈이다, 야비한 웃음이다, 왼쪽 눈으로만 흘리는 피눈물이다, 나는 제임스 시드니 앙소르다, 나는 낮 2시50분에 새로 생성된 제임스앙소르다, 나는 다시 처음이다

─「가면들에 둘러싸인 자화상」

"나"의 끝없는 전변은 내가 힘겹게 통과해 간 하루의 일과와 정확히 일치한다. 나는 각 순간마다 내가 겪은 바로 그것들이 된다. 시간의 점묘다. 그것들이 모여 내 하루를 완성할 것이고, 오늘이 내일과 다르지 않은 나날들을 유비할 것이다. 그런데 그 전변의 끝에서 "나는 다시 처음이다." 변화는 나를 다른 존재로 형질전환시키지 않는다. 나는 여전히 "하루살이 백수"다. 이 명명 내부에도 유비가 들었다. '하루살이'란 하루하루를 겨우 살아가는 백수에 대한 데칼코마니가 아닌가? 스스로를 백수에 기대는 자는 텅 빈 자다. 그에게는 어떤 일도 주어지지 않았으므로, 그는 할 일이 없다. 그는 사물화된다. 미지의 내부가 비어 있다는 것, 이것이 X의 네 번째 의미다. 이 점에서 보면 여성은 차가운 현실주의자다. 그리고 이것이 기원에 대한 탐색을 낳는다.

5. 자궁을 찾아가는 여정

X는 미지(=봉인된 지식), 작품(=거기에 있는 것), 현전(=
무한한 순환을 거쳐 자기 자신이 됨), 무(=텅 비어 있음)로 드
러났다. 그러므로 도처에 신비가, 텍스트가, 실재가, 무가
있다. 어떻게 없는 것이 실재할 수 있으며, 불가지(不可知)가
감상의 대상이 될 수 있는가? 거기에 생산의 역량을 부여
하면 된다. 이때 무는 아무것도 없음이 아니라 유를 출현
시키는 바탕이 되고, 가려진 지식은 알려지지 않은 지식이
아니라 알려진 지식의 터전이 된다. 바로 그것이 자궁이다.
이 시집에서 무수하게 출현하는 겹괄호는 이 '텅 빈 X', 곧
자궁의 표상이기도 하다.

　　부풀어 오른다. 내 배도 다시 부풀어 오르고 내 아기도 다
시 부풀어 오른다. 나를 깊게 어루만지던 태양도 있었고 그
태양에 고개를 숙이던 벼도 있었다. 딱딱한 것들도 통통 튀
어 오르고 부드러운 것들도 통통 튀어 오르는 보름, 내 눈물
도 통통 튀어 오르는데, 그래, 보름, 보름, 보름 한가위다. 달
도 부풀어 오르고 한 가위 소리도 부풀어 오른다. 내 핏덩이
도 부풀어 오르고 내 아기의 울음소리도, 내 강시아기의 그
피 울음소리도 부풀어 오른다. 내 가랑이 밑에서 부풀어 오
르는 달덩이, 그 달덩이의 숨소리가 더 깊게 부풀어 오르는
밤, 나도 따라 부풀어 오른다.

—「부풀어 오른다」에서

앞에서 인용한 「무덤으로 가는 거울 하나」에서의 달이, 무덤이 아니라 자궁임이 폭로되는 순간이다. 달=거울은 만월이 될 때까지 부풀어 오르는데, 거기에 맞추어 "내 배"도, "내 아기"도 부풀어 오른다. 물론 내가 실제로 아기를 낳을 수는 없다. 없는 아기를 배었으므로, 이 아기는 "강시아기"다. 나는 어쩌다 자궁을 갖게 되었을까?

(아버지)가 돌아가신 후부터 내 몸속에 자궁이 하나 생겼다. (어머니)를 임신한 나는 하루 종일 몸이 무겁다.

(억지로) 맛있는 음식들
(억지로) 밀려드는 밝은 생각들
(억지로) 나는 씩씩하고
(억지로) 행복하고
(억지로) 부지런하고
(억지로) 언제나 웃음을 잃지 않는다

내 자궁 속의 (어머니), (어머니) 자궁 속의 ((아버지)), ((아버지)) 자궁 속에는 눈물의 탯줄에 매달린 (((어머니)))가 그 탯줄을 통해 ((아버지))에게 양분을 공급한다. 점점 자라나는 ((아버지)), 산통이 잦아드는 (어머니), 그 몸부림에 나는 아

픈 배를 움켜쥐고, (어머니)를 유산할까 봐, 나는 어쩔 줄을
모르고, 어머니를 바라본다.

—「한 피스를 잃어버린 피스 퍼즐」에서

내가 자궁을 갖게 된 것은 아버지가 돌아가신 뒤의 일
이다. 아버지에 대한 그리움, 어머니를 봉양해야 하는 의
무, 여일하게 생활을 이끌어야 하는 책임감이 그때 생겨났
다. 이 모든 것이 자궁의 소관이다. 나는 어머니를 품었고,
어머니는 돌아가신 아버지를 품었으며, 돌아가신 아버지는
우는 어머니를 품었다. 그래서 나는 자궁을, 자궁 속의 자
궁을, 자궁 속의 자궁 속의 자궁을 품은 자가 된다. 시는
아버지라는 조각 하나가 빠져나가자 스위트 홈의 그림이
빠져나갔음을 회고하는 데서 그치지 않는다. 죽음이 새로
운 삶을 개시하는 근원이 되었기 때문이다.

따라서 자궁을 찾아가는 길은 새로운 생산을 찾아가
는 여정이다. 현실의 자궁은 소멸했다. "어머니는·나를마지
막으로자궁을들어내셨다…(중략)…어머니·저는·들어낸·당
신의자궁속을·떠도는…떠도는자궁속을·영원히헤매는·한마
리정충입니다…"(「히·스·테·리 — 케이블TV‖메디컬채널·66」) 어
머니가 자궁을 들어낸 것은 이미 생산의 소임을 완수했기
때문이다. 어머니의 몸에 든 자궁은 자식들에게는 돌아갈
수 없는 기원, 곧 실낙원이다. 이제 그 자궁이 어머니의 몸
을 떠났으므로, 세상이 어머니의 자궁이 되었다. 한 마리

정충으로서, 자궁을 다시 찾아낼 때까지 나의 여정은 끝나지 않을 것이다. 사라진 자궁을 대신해서 세상 전체가 자궁이 되었다고 해도 좋을 것이다. 무에서 유를 낳고, 상실과 부재에서 삶과 사랑을 도출하는 일을 나는 그치지 않을 것이다. 이것이 내가 자궁을 갖게 된 내력이다. 기원은 이처럼 사라짐으로써, 사라짐으로써만 세상을 낳는다. 자궁은 없는 기원이자 생산의 역량이다. 이제 도처에서 자궁이 출현한다. "구멍에서 태어나 구멍들과 더불어 살고 있다." 시를 쓰는 일도 자궁의 일 가운데 하나다. 시인은 "구멍에서 태어나 구멍들과 더불어 살고 있다·로 시작하는 그런 詩를"(「0편」) 계속해서 쓰리라. 그것이 시인 여정의 여정이다.

지은이   여정

1970년 대구에서 태어났다.
1998년 《동아일보》 신춘문예로 등단했다.
시집 『벌레 11호』가 있다.

몇 명의 내가 있는 액자 하나

1판 1쇄 찍음 2016년 1월 22일
1판 1쇄 펴냄 2016년 1월 29일

지은이 여정
발행인 박근섭, 박상준
펴낸곳 ㈜민음사

출판등록 1966. 5.19. (제16-490호)
서울특별시 강남구 도산대로1길 62(신사동)
강남출판문화센터 5층 (06027)
대표전화 515-2000 / 팩시밀리 515-2007
www.minumsa.com

ISBN 978-89-374-0840-3 04810
      978-89-374-0802-1 (세트)

이 시집은 2015년 한국문화예술위원회 아르코문학창작기금을 받았습니다.

민음의 시

민음의 시
목록

001 전원시편 고은

002 멀리 뛰기 신진

003 춤꾼 이야기 이윤택

004 토마토 씨앗을 심은 후부터 백미혜

005 징조 안수환

006 반성 김영승

007 햄버거에 대한 명상 장정일

008 진흙소를 타고 최승호

009 보이지 않는 것의 그림자 박이문

010 강 구광본

011 아내의 잠 박경석

012 새벽편지 정호승

013 매장시편 임동확

014 새를 기다리며 김수복

015 내 젖은 구두 벗어 해에게 보여줄 때
     이문재

016 길안에서의 택시잡기 장정일

017 우수의 이불을 덮고 이기철

018 느리고 무겁게 그리고 우울하게 김영태

019 아침책상 최동호

020 안개와 불 하재봉

021 누가 두꺼비집을 내려놨나 장경린

022 흙은 사각형의 기억을 갖고 있다 송찬호

023 물 위를 걷는 자, 물 밑을 걷는 자 주창윤

024 땅의 뿌리 그 깊은 속 배진성

025 잘 가라 내 청춘 이상희

026 장마는 아이들을 눈뜨게 하고 정화진

027 불란서 영화처럼 전연옥

028 얼굴 없는 사람과의 약속 정한용

029 깊은 곳에 그물을 난진우

030 지금 남은 자들의 골짜기엔 고진하

031 살아 있는 날들의 비망록 임동확

032 검은 소에 관한 기억 채성병

033 산정묘지 조정권

034 신은 망했다 이갑수

035 꽃은 푸른 빛을 피하고 박재삼

036 침엽수림에서 엄원태

037 숨은 사내 박기영

038 땅은 주검을 호락호락 받아 주지 않는다 조은

039 낯선 길에 묻다 성석제

040 404호 김혜수

041 이 강산 녹음 방초 박종해

042 뿔 문인수

043 두 힘이 숲을 설레게 한다 손진은

044 황금 연못 장옥관

045 밤에 용서라는 말을 들었다 이진명

046 홀로 등불을 상처 위에 켜다 윤후명

047 고래는 명상가 김영태

048 당나귀의 꿈 권대웅

049 까마귀 김재석

050 늙은 퇴폐 이승욱

051 색동 단풍숲을 노래하라 김영무

052 산책시편 이문재

053 입국 사이토우 마리코

054 저녁의 첼로 최계선

055 6은 나무 7은 돌고래 박상순

056 세상의 모든 저녁 유하

057 산화가 노혜봉

058 여우를 살리기 위해 이학성

059 현대적 이갑수

060 황천반점 윤제림

061 몸나무의 추억 박진형

062 푸른 비상구 이희중

063 님시편 하종오

064 비밀을 사랑한 이유 정은숙

065 고요한 동백을 품은 바다가 있다 정화진

066 내 귓속의 장대나무 숲 최정례

067 바퀴소리를 듣는다 장옥관

068 참 이상한 상형문자 이승욱

069 열하를 향하여 이기철

070 발전소 하재봉

071 화염길 박찬

072 딱따구리는 어디에 숨어 있는가 최동호

073 서랍 속의 여자 박지영

074 가끔 중세를 꿈꾼다 전대호

075 로큰롤 해본 김태형

076 에로스의 반지 백미혜

077 남자를 위하여 문정희

078 그가 내 얼굴을 만지네 송재학

079 검은 암소의 천국 성석제

080 그곳이 멀지 않다 나희덕

081 고요한 입술 송종규

082 오래 비어 있는 길 전동균

083 미리 이별을 노래하다 차창룡

084 불안하다, 서 있는 것들 박용재

085 성찰 전대호

086 삼류 극장에서의 한때 배용제

087 정동진역 김영남

088 벼락무늬 이상희

089 오전 10시에 배달되는 햇살 원희석

090 나만의 것 정은숙

091 그로테스크 최승호

092 나나 이야기 정한용

093 지금 어디에 계십니까 백주은

094 지도에 없는 섬 하나를 안다 임영조

095 말라죽은 앵두나무 아래 잠자는 저 여자 김언희

096 흰 책 정끝별

097 늦게 온 소포 고두현

098 내가 만난 사람은 모두 아름다웠다 이기철

099 빗자루를 타고 달리는 웃음 김승희

100 얼음수도원 고진하

101 그날 말이 돌아오지 않는다 김경후

102 오라, 거짓 사랑아 문정희

103 붉은 담장의 커브 이수명

104 내 청춘의 격렬비열도엔 아직도 음악 같은 눈이 내리지 박정대

105 제비꽃 여인숙 이정록

106 아담, 다른 얼굴 조원규

107 노을의 집 배문성

108 공놀이하는 달마 최동호

109 인생 이승훈

110 내 졸음에도 사랑은 떠도느냐 정철훈

111 내 잠 속의 모래산 이장욱

112 별의 집 백미혜

113 나는 푸른 트럭을 탔다 박찬일

114	사람은 사랑한 만큼 산다 박용재	153	아주 붉은 현기증 천수호
115	사랑은 야채 같은 것 성미정	154	침대를 타고 달렸어 신현림
116	어머니가 촛불로 밥을 지으신다 정재학	155	소설을 쓰자 김언
117	나는 걷는다 물먹은 대지 위를 원재길	156	달의 아가미 김두안
118	질 나쁜 연애 문혜진	157	우주전쟁 중에 첫사랑 서동욱
119	양귀비꽃 머리에 꽂고 문정희	158	시소의 감정 김지녀
120	해질녘에 아픈 사람 신현림	159	오페라 미용실 윤석정
121	Love Adagio 박상순	160	시차의 눈을 달랜다 김경주
122	오래 말하는 사이 신달자	161	몽해항로 장석주
123	하늘이 담긴 손 김영래	162	은하가 은하를 관통하는 밤 강기원
124	가장 따뜻한 책 이기철	163	마계 윤의섭
125	뜻밖의 대답 김언희	164	벼랑 위의 사랑 차창룡
126	삼천갑자 복사빛 정끝별	165	언니에게 이영주
127	나는 정말 아주 다르다 이만식	166	소년 파르티잔 행동 지침 서효인
128	시간의 쪽배 오세영	167	조용한 회화 가족 No. 1 조민
129	간결한 배치 신해욱	168	다산의 처녀 문정희
130	수탉 고진하	169	타인의 의미 김행숙
131	빛들의 피곤이 밤을 끌어당긴다 김소연	170	귀 없는 토끼에 관한 소수 의견 김성대
132	칸트의 동물원 이근화	171	고요로의 초대 조정권
133	아침 산책 박이문	172	애초의 당신 김요일
134	인디오 여인 곽효환	173	가벼운 마음의 소유자들 유형진
135	모자나무 박찬일	174	종이 신달자
136	녹슨 방 송종규	175	명왕성 되다 이재훈
137	바다로 가득 찬 책 강기원	176	유령들 정한용
138	아버지의 도장 김재혁	177	파묻힌 얼굴 오정국
139	4월아, 미안하다 심언주	178	키키 김산
140	공중 묘지 성윤석	179	백 년 동안의 세계대전 서효인
141	그 얼굴에 입술을 대다 권혁웅	180	나무, 나의 모국어 이기철
142	열애 신달자	181	밤의 분명한 사실들 진수미
143	길에서 만난 나무늘보 김민	182	사과 사이사이 새 최문자
144	검은 표범 여인 문혜진	183	애인 이응준
145	여왕코끼리의 힘 조명	184	얘들아, 모든 이름을 사랑해 김경인
146	광대 소녀의 거꾸로 도는 지구 정재학	185	마른하늘에서 치는 박수 소리 오세영
147	슬픈 갈릴레이의 마을 정채원	186	ㄹ 성기완
148	습관성 겨울 장승리	187	모조 숲 이민하
149	나쁜 소년이 서 있다 허연	188	침묵의 푸른 이랑 이태수
150	앨리스네 집 황성희	189	구관조 씻기기 황인찬
151	스윔 여태천	190	구두코 조혜은
152	호텔 타셀의 돼지들 오은	191	저렇게 오렌지는 익어 가고 여태천

192 이 집에서 슬픔은 안 된다 김상혁

193 입술의 문자 한세정

194 박카스 만세 박강

195 나는 나와 어울리지 않는다 박판식

196 딴생각 김재혁

197 4를 지키려는 노력 황성희

198 .zip 송기영

199 절반의 침묵 박은율

200 양파 공동체 손미

201 온몸으로 밀고 나가는 것이다
　　　서동욱·김행숙 엮음

202 암흑향 暗黑鄕 조연호

203 살 흐르다 신달자

204 6 성동혁

205 웅 문정희

206 모스크바예술극장의 기립 박수 기혁

207 기차는 꽃그늘에 주저앉아 김명인

208 백 리를 기다리는 말 박해람

209 묵시록 윤의섭

210 비는 염소를 몰고 올 수 있을까 심언주

211 힐베르트 고양이 제로 함기석

212 결코 안녕인 세계 주영중

213 공중을 들어 올리는 하나의 방식 송종규

214 희지의 세계 황인찬

215 달의 뒷면을 보다 고두현

216 온갖 것들의 낮 유계영

217 지중해의 피 강기원

218 일요일과 나쁜 날씨 장석주

219 세상의 모든 최대화 황유원